SGWBIDŴ AUR

i Rhydian a Carwyn

Diolch o galon i Avarina Connor
am ei chyngor a'i chwerthin.

pen
dafad

CARYL LEWIS

SGWBIDŴ
AUR

y Lolfa

Argraffiad cyntaf: 2005
Adargraffiad: 2014

Comisiynwyd y gyfrol gyda chymorth ariannol AdAS

Cynllun y clawr: Elgan Davies

Rhif Llyfr Rhyngwladol: 978 0 86243 787 9

Cyhoeddwyd, rhwymwyd ac argraffwyd yng Nghymru gan
Y Lolfa Cyf., Talybont, Ceredigion SY24 5HE
gwefan www.ylolfa.com
e-bost ylolfa@ylolfa.com
ffôn 01970 832 304
ffacs 832 782

Pennod 1

"Colin! … Colin!"

Bron â bwrw 'mhen o dan y bonet. Dad yn rhoi un llaw ar 'y mraich i a'r llall mewn arwydd 'bydd ddistaw' ar ei wefusau.

"Darren?!"

Llais Mam eto'n dod o ddrws y garej. Doedd hi byth yn dod yn bellach i mewn na'r drws. Byth.

"Lle rych chi te? Colin!"

Dad yn wincio arna i, cyn cyfri'n dawel hyd at dri, yna'r ddau ohonon ni'n neidio allan o dan y bonet a gweiddi nerth ein pennau gan neud i Mam sgrechian cymaint nes iddi bron â chwympo oddi ar ei stiletos. Dechreuais chwerthin. Roedd Dad mewn stitshys yn ei gweld hi'n stablan ambwti yn ei sodlau uchel.

"Y bygyrs bach â chi … Diawled y'ch chi'ch dau ambell waith!"

Roedd hi'n tynnu'n ddwfn ar ffag erbyn hyn ac yn ceisio tacluso'i gwallt 'da'r llaw arall er mwyn edrych yn cŵl.

"Dewch mlan y wêsters, dewch i gael swper."

Diflannodd Dad yn ôl o dan y bonet.

"Ocê, Ocê, byddwn ni 'na nawr."

"A ti, y ffŵl," medde hi gan bwyntio'i ffag i 'nghyfeiriad i, "ti'n mynd i gerdded 'da fi i'r gwaith yn y funud 'fyd. Dyw hi ddim yn saff i fi gerdded trwy'r stad ma ar 'y mhen 'yn hunan yn y nos."

"Wel bydde fe'n well 'se ti'n gwisgo sgert a thop sy'n fwy na seis tiwb Pringles," mwmialodd Dad o dan y bonet.

"Ca dy ben nei di … " atebodd hithe gan sythu'i thop a'i sgert â chledr ei llaw.

"'Se ti'n cymryd gymaint o sylw o'n *bodywork* i ag wyt ti'n neud o'r car 'na fydde pethe gymaint yn well yn 'n tŷ ni."

"Ie, ie … "

"Nawr te, hastwch. Dwi wedi mynd i'r trafferth o nôl eich bwyd o'r siop ffish a tships ac os bydd y bwyd 'di oeri … "

"Ocê, Ocê," medde Dad heb godi'i ben.

"Dwi'n gweud wrthot ti nawr, rhyw ddiwrnod bydda i 'di rhedeg bant i Qualalumpur 'da'r boi drws nesa," medde hithe gan gerdded mas â'i thrwyn yn yr awyr. Roedd hi'n bygwth gadael o leia unwaith bob pythefnos ac er nad o'dd hi a Dad wedi priodi, doedd hi ddim wedi gadael chwaith.

"Dal y gole ma i fi, nei di Cols?"

"Paid galw fi'n Cols ac fe feddylia i am neud!"

"Www, ti'n siarad fel dy fam nawr! Yffach dim ond handbag sy ishe arnat ti!"

Ro'n i wastad yn casáu cael 'y ngalw yn Cols. Cym on ... Cols. Dyw e ddim yn enw i dynnu'r *laydeez*, odi e? Swnio fel rhyw foi bach comic sy'n gwisgo sbecs ac yn pyrfan ar y we on'd yw e? Wel, ar ôl Colin McRae ces i'n enw, ac er bod y boi'n arwr i Dad, trueni na fydde enw gwell ganddo fe.

"Credu'n bo ni bron â bod 'na Cols ... Colin," medde Dad gan sefyll yn ôl a sychu'r olew oddi ar ei ddwylo ac oddi ar ei oferôls. Ro'n i'n hoffi ei wylio fe'n gweithio. Dyna'r unig amser roedd e'n hollol hapus dwi'n meddwl.

"Biwti on'd yw hi?"

Hi, oedd Mark II gwyn. Roedden ni wedi bod yn gweithio arni ers mis yn ffitio *sump guard*, yn weiro *spots*, weldio *footrests,* ffitio dau wregys corff, gwneud yn siŵr bod y *cage* yn saff a rhoi strip o ole i mewn fel bod y nafigetor – y cyfeiriwr – yn galler gweld trwy'r *poti*. Mewn geiriau arall, roedd y rali leol yn agosáu a Dad ac Al, ei ffrind, â'u bryd ar ennill. Roedd y car yn edrych yn cŵl erbyn hyn a Dad wedi treulio orie ac orie'n sicrhau y bydde'r Mark II ar ei ore.

Dim car fel hyn hoffai Dad ei yrru mewn gwirionedd. Roedd llun car ei freuddwydion ar wal y garej, Subaru neu Sgwbi-dŵ WRC lliw aur – ond roedd rheiny'n costio tua chant a hanner o filoedd a raliwyr mewn dosbarthiadau lot uwch fyddai'n eu gyrru. Ond wrth weld Dad yn trin y Mark II gallech chi feddwl ei fod e'n gar cystel pob tamed â hwnnw. Roedd Mam wedi dechrau galw ei hunan yn *garej-widow* ac yn gwneud sioe o ddangos ei bod hi'n cael ei hanwybyddu ar bob cyfle.

"Reit te, 'na ddigon am heno," meddai Dad gan sychu'i ddwylo ar glwtyn oedd mor ddu fel nad oedd llawer o bwynt eu sychu nhw o gwbwl, "ne bydda i 'di blino cyn dechre gwitho fory."

A dyna broblem arall. Dyw paratoi car at ralïo ddim yn rhad, wedi talu am gystadlu a phopeth arall. Roedd Dad wedi gorffod gwneud oriau o waith ychwanegol ar y seit ac yn edrych wedi blino'n ofnadwy trwy'r amser rhwng y gwaith ar y car ac ar y seit.

Diffoddon ni'r gole a gadewes iddo fe gloi'r garej. Roedd e'n anhygoel o ffysi. Bydde fe'n cau'r drws yn dawel bach, bach fel petai e newydd roi plentyn bach yn ei wely a ddim eisiau ei ddihuno ac yn cerdded i ffwrdd ar flaene ei draed.

Wedi i ni gyrraedd y tŷ, roedd Mam wedi mynd i'r gwaith yn barod a dau becyn o ffish a tships yn chwysu ar y cownter brecwast.

Pennod 2

"Hi Mam."

"By-bei Cols."

Bydde Mam a fi'n cwrdd â'n gilydd bob bore ar stepen y drws. Hi'n dod nôl o shifft nos yn Spar, sydd ar agor drw'r nos, a finne'n mynd i gwrdd â Lee wrth safle'r bws yng ngheg y stad.

"Co ti."

Fel bob bore, roedd hi'n gwthio sanwej i fi i ginio i mewn i 'mag i wrth fynd heibio ac yn gwenu'n flinedig trwy gwmwl o fwg Lampert and Butler.

"Ta."

Wrth basio'r garej, gallwn ddychmygu Dad wedi bod yn rhoi cusan bore da i'r car cyn cerdded i'r seit. Ma 'na werth miloedd o gar yn y garej ond ry'n ni i gyd yn gorffod cerdded i bobman. A 'se fe'n ei werthu fe, bydde digon o arian 'da ni i roi arian lawr am fflat neu dŷ teidi 'mhell o'r twll ma.

"Olreit Cols?"

Lee. Yn gynnar am unwaith.

"Ma mêc-yp ar dy goler di, Lee."

"Wps!"

Mewn ffordd dwi'n lwcus. O leia ralïo yw hobi Dad. Mae tad Lee yn gwisgo trowseri sidan tynn ac yn dawnsio *ballroom* gyda'i fam. Mae honno'n edrych fel petai hi'n tanio o flaen peiriant *kebabs* a ma'i gwallt hi wedi ei glymu nôl mor dynn nes bod G-ffôrs arni drwy'r amser. Yn ddiweddar, mae Lee wedi bod yn mynd gyda nhw.

"Amhosib cal y stwff ma bant Cols."

"Colin."

"Sori … Colin."

"Pam rwyt ti'n 'i wisgo fe ta beth? 'Se rhywun yn ffindio mas yn yr ysgol byddet ti'n ded."

"Dwi'n eitha joio fe a gweud y gwir. Gallen i gael lot o arian 'se'n i'n ennill achos 'sdim lot o fechgyn 'yn oedran i'n mentro ar y llawr," medde fe gan rwbio'r tan oren oedd fel marcyn teid ar ei wddwg gwyn.

Ma'r safle bws yn llawn. Cymysgedd o fois y stad, sy'n credu 'u bod nhw'n ddu, yn gwisgo *hoodies* ac yn meddwl 'u bod nhw'n sioclet. Ma'n nhw'n edrych yn fwy *'Fifty Pence'* na *'Fifty Cent'*. Ma rhai o'r bois pêl-droed ma hefyd, rheiny sy'n gwisgo capiau Burberry gyda'i gwisg ysgol, a chwpwl o ferched *'Goth'* sy'n trial mor galed i fod yn wahanol, ond yn y diwedd ma'n nhw i gyd yn edrych yr un peth mewn gwirionedd! Do'n i byth yn siŵr lle'r oeddwn i a Lee yn perthyn a gweud y gwir. Yr unig rai arall wedyn yw Nic (neu

Nic y P… sy'n odli 'da Nic) a'i fêts a chwpwl o ferched sy'n ocê.

Ar ôl cyrradd yr ysgol, bydd Lee a fi'n mynd i gal smôc yn y toiledau. Gwm cnoi yn y detector mwg a sneb ddim callach. Tynnais y ffags mas, ffags nes i 'u dwyn o fag Mam.

"Wyt ti 'di neud gwaith cwrs Mr Ifans te?"

Codais fy eiliau ar Lee yn lle'i ateb.

"Ti'n gwbod be wedodd e'r tro diwetha."

Tynnodd Lee ei amserlen allan o'i ryc sac.

"A'i wers e sy gynta."

Tynnais yn hir ar y sigarét.

"Beth allith e 'i neud?" gofynnais gan anadlu'n drwm.

"'Sa i'n gwbod," medde Lee gan godi'i ysgwyddau a pheswch.

Roedd Lee yn foi tene iawn. Mor dene fel bod rhaid iddo fe symud o gwmpas yn y glaw i wlychu. Roedd ei lygaid e serch hynny'n anferth o'u cymharu â'r gweddill ohono fe. Ro'n ni'n dau wedi tyfu lan 'da'n gilydd a dweud y gwir, ond fe dyfes i lan a mas – tyfodd Lee jest, wel, lan. Canodd y gloch.

• • • • •

"Nawr te, pa un ohonoch chi sydd am roi eich syniadau am eich gwaith cwrs? 'Portread' yw'r testun fel ry'ch chi'n gwybod a does dim rhaid i fi eich atgoffa chi dos bosib?"

Roedd gan Mr Ifans ffordd o symud o gwmpas oedd yn gwneud iddo edrych fel petai'n gwisgo *in-liners*. Roedd ei lais yn llyfn hefyd, ddim yn codi, ddim yn gostwng, jest un tôn ddiflas drwy'r amser, sŵn hela-ni-i-gysgu, sŵn boring, sŵn fel drôn hŵfer.

"Colin!"

"Yo!"

Pawb yn chwerthin.

"Bore da yw'r ymateb priodol Colin."

"Sori, do'n i ddim yn gwbod bo'ch chi'n briod."

"Colin, gwed wrtha i, o's rhaid i ni fynd trwy'r ddefod ma bob gwers?"

"Trwy'r gofod ma Syr?"

"Trwy'r perfformans ma Colin."

"Sori Syr."

"Gwed wrthon ni nawr te, pwy wyt ti'n mynd i'w bortreadu."

Meddwl a meddwl a meddwl. Ffaelu meddwl yn ddigon cloi.

"Ie?" Mae pob llygad yn edrych arna i gan gynnwys rhai Claire. Edrych i mewn i lygaid Claire.

"Roedd digon 'da ti i weud jest nawr Colin."

Roedd llyged Claire fel petaen nhw'n 'yn annog i

weud rhywbeth. I weud unrhywbeth. Fel hyn ro'n i wastad. Digon i weud nes bod angen gweud rhywbeth oedd yn werth ei weud ac wedyn … Tawelwch. *Nada*. Dim byd. *Zero*. Dechreuodd rhai chwerthin. Aeth 'y ngheg i'n sych.

"Colin, ry'n ni wedi bod yn sôn am y portreadau yma ers dechrau'r tymor, ac os nad ydw i'n anghywir, rwyt ti wedi ffaelu â dod ag unrhyw syniad i'r dosbarth hyd yn hyn, er bod pawb arall wedi bwrw ati gyda'u gwaith."

"Fi'n … "

"Tawelwch!" Roedd Mr Ifans yn camu, wel sleidro, yn ôl ac ymlaen wrth i rai ddechrau chwerthin.

"Ac rwy wedi cael digon ar dy ymddygiad di."

"Ond … " Mwy yn dechrau chwerthin a finnau'n teimlo'n boeth i gyd.

"Allan! At y Prifathro! Nawr!"

"Iawn!" Bloeddiais ychydig bach yn uwch nag rown i wedi bwriadu gan wthio'r ddesg yn swnllyd wrth godi. Cnociodd y symudiad annisgwyl benelin Lee ac fe gwympodd ymlaen gan fwrw'i ên ar dalcen y ddesg.

"Ff … !"

"Lee Simmons!"

"Sori … ond … "

"Y ddau ohonoch chi! Allan! Nawr!"

Gadawodd y ddau ohonon ni'r stafell yn dawel

bach. Gwthiodd Lee heibio i mi yn y coridor.

"Da iawn Col."

"COLIN!"

"OLREIT!" meddai gan rwbio'i ên.

Pan ganodd y gloch ar ddiwedd amser egwyl, roedd Lee a fi'n dal i sefyll yno a phawb, gan gynnwys Claire, yn edrych arnon ni trwy'r gwydr wrth iddyn nhw ymlwybro tua'u gwersi.

Pennod 3

"Olreit tit-hed?"

Al. Nafigêtor Dad. Wel, mwy o handicap weden i, rhwng y ffaith nad yw e'n gallu darllen map, yn chwydu pam mae e'n darllen mewn car sy'n symud, a'i fod e run seis â Rwsia. Dwi'n synnu nad yw'r car yn mynd bant ar bob cornel o gofio'r pwyse ma hwn yn ei gario.

"Lle ma dy Dad te?"

"Dal ar y seit."

"Dy fam?"

"Dal yn cysgu."

"O wel," meddai gan estyn Fosters o'r ffrij a pharcio'i ben-ôl mawr lawr ar y soffa. Wrth iddo blygu lawr ma fe'n dangos digon o grac tin i sweipio carden Switsh drwyddo.

"O'n i'n meddwl bod rali heno?" meddwn i gan edrych ar y can.

"O's, ma 'na, Mr Starchy Pants, ond nafigêto i fi'n neud dim dreifo, on'd tawe?"

Mae'n crafu ei ben-ôl. "Be ti'n neud te?"

"Gwaith cwrs."

Dechreuodd Al chwerthin gan chwythu Fosters cynnes ar hyd y lle.

"Gwaith cwrs!"

"Ie."

"Rhywbeth i gal yn dy ben di o's e?"

"'Sa i'n gwbod."

"Wel ti ddim yn dilyn dy Dad te, os o's rhywbeth ynddo fe."

"Wel, 'se rhywun ddim yn denu fe i neud ralis trwy'r amser a llenwi i ben e 'da'r syniade bo'ch chi'n galler ennill a rybish fel'na, bydde amser ac arian 'da fe i neud rhywbeth arall … "

"*Wwww*, fel be? Rhoi mwy o sylw i dy fam ife?"

"Gad ti Mam mas o hyn … "

"Shwt ych chi bois! … Gad ti Mam mas o beth?" holodd Mam yn ei gŵn-nos a'i gwallt melyn wedi ei dynnu'n un ffrwydrad ar dop ei phen gan ddangos y gwreiddiau duon.

"Hylo Pam."

"Shwd wyt ti Al?" medde hi gan estyn carton o sudd o'r ffrij. "Ych a fi, dim ond Fosters a sudd." Caeodd y drws gyda chlep. "A finne'n gweithio yn Spar."

"Alla i hôl bara i chi, Mam?" cynigais.

"Na ma'n iawn, paid poeni cariad."

"Dere mlan Pam. Ma ishe i ti fyta rhywbeth,"

ychwanegodd Al gan ddwbwldagu dros dop y can cwrw, "ti mor dene, 'se ti'n cal twll yn dy deits byddet ti'n cwmpo mas trwyddo fe!"

Rhochiodd Al wrth chwerthin ar ei jôc wantan ei hun. Ond roedd ganddo bwynt. Roedd hi'n denau uffernol ac yn dawelach nag arfer.

"Pasia'r *lighter* na Col," medde hi gan estyn ffag allan o'i gŵn-wisgo. "Hen arferiad brwnt. Cofia Col, os gwela i ti'n smocio rywbryd fe dorra i dy ddwylo di bant."

"Diolch," atebais.

"Www, gwranda di Colsi Wolsi. Watshia di na neith dy fam di dy ddala di'n smocio!"

Roedd Al wedi 'nal i a Lee unwaith yn smocio yn y parc ac roedd e wedi bod yn ein bygwth ni am hynny ers misoedd.

Gwyliais Mam yn cynnu'r ffag. Roedd ei dwylo hi'n crynu.

"Be ti'n neud te?"

"Gwaith cwrs." Wel, dyna ro'n i'n treial neud. Ro'n i wedi tynnu'r llyfre mas ac wedi dechrau darllen enghreifftiau o waith bechgyn llynedd.

"O. Shwt ath ysgol heddi te?"

"Iawn."

"Ti'n gwitho'n galed on'd wyt ti?"

"Odw Mam."

"O, reit te, swper i chi, brecwast i fi."

Prysurodd Mam i baratoi swper a'r sŵn '*tshshshsh*' yn brawf bod Al wedi agor can arall. Rhoies i'r llyfre gadw. Doedd dim gobaith gweithio a down i ddim yn hoffi'r ffordd roedd Al yn edrych ar Mam ac yn gobeithio yr eithe hi i fyny'r llofft i newid cyn hir. Mewn sbel dyma hi'n rhoi platied o ffish ffingyrs a tships o 'mlaen i ac Al tra bod hi'n llyncu coffi du i frecwast.

"Diolch cariad," medde Al wrth becial a slapio pen-ôl y botel sôs.

"Diolch Mam."

"Diolch Mam," ailadroddodd Al yn sbengllyd dawel tu ôl i gefen Mam. Aeth hithau i newid a bwytodd Al a fi mewn tawelwch. Clip-clopiodd Mam i lawr y stâr mewn rhyw ddeg munud a winciodd Al arni.

"Neis iawn, Pam. Ti'n bishyn. Os na briodith y diawl Darren 'na ti cyn bo hir … "

Cwrddodd Mam â Dad ar garreg y drws.

"Gatre o'r diwedd."

"Ta-ra," medde Mam.

"Shwd wyt ti Col?"

"Hi Dad."

"Darren, shwd mae'n ceibo? Barod amdani te?"

Pennod 4

Sŵn ffôn yn canu. Anwybyddu hi a throi drosodd. Golau ar y sgrin yn fflachio ac yn treiddio trwyddo i'm llyged hanner cau.

BIP BIP

Ymbalfalu am y ffôn. Neges testun.

COL CWYD. FFONIA V– DAD

Rhwbio'n llyged ac edrych ar y cloc ar y sgrin fach. Cael trafferth gweld oherwydd bod cwsg yn dal yn fy llyged i. 4.07 AM mewn llythrennau bach. Tynnu anadl hir a deialu'r rhif. Ffôn yn canu.

"Col, fi sy ma."

"Ie, dwi'n gwbod, achos ffonies i ti."

"Drycha, daethon ni bant o'r hewl."

"Syrpreis."

"Bwron ni *ninety* ar ôl fflier o White ac fe hedfanon ni dros ben y clawdd. Bad PR yn fan hyn 'fyd, so ma ishe i ni ddod o ma'n reit handi."

"Ond, ma'r *roll cage* yn gweitho," llais Al yn y cefndir.

Allwn i fod wedi bwrw'r diawl.

"Dere lawr, nei di? Ma ishe help arnon ni i symud y car."

"Ond … "

"Ffonia Melvyn i ddod â'r tryc, nei di? Wedes i falle byddet ti'n 'i ffonio fe. Dyw 'i rif e ddim 'da fi fan hyn."

"Ocê … "

"Dal y bys nos lawr i'r dre, ond os o's ofan cerdded arnat ti deith rhywun i dy hôl di o'r stad ddiwydiannol, siŵr o fod."

"Ond … "

"Dere â'r tŵlbocs mawr 'fyd. Ma ishe *molegrip* gwahanol arna i."

"Ond … "

"Paid â gweud wrth dy fam. Byddi di nôl cyn iddi ddod gadre a beth dyw him ddim yn gwbod … "

"Ond … "

BIP. Y llinell yn hymian yn y tawelwch.

"Damo Dad," ciciais y dwfe oddi ar y gwely mewn tymer. Mynd bant yr hewl ar gornel. Typical. Roedd y ffaith bod Al 'di bod yn llyncu Fosters ddim yn help siŵr o fod. Eith Mam yn seico. Ma hi'n costi'n uffernol i reparo'r car ar ôl damwen fel 'na heblaw am y ffaith y gallen nhw fod wedi cael dolur.

Gwisgo yn y tywyllwch a stablan i lawr y grisiau gan deimlo'r wal bob ochr. Mynd allan drwy'r drws a'r oerfel yn 'y nihuno i fel slap ar draws 'y ngwyneb.

Dyfyrio Dad wrth hôl y bocs twls o'r garej a cherdded yn ara am safle'r bws. Roedd hi'n oer a'r polion electric fel dynion tal, tenau ag affrôs oren. Tynnais y got yn dynnach amdana i. Roedd y bocs yn uffernol o drwm. Roedd swn gweiddi yn un o'r fflatiau uchel yn y bloc agosa.

Sefais wrth y safle bws gan wylio golau'r LCD yn fflachio amseroedd a rhifau'r bysys. Roedd y lliw coch yn fflachio gan wneud 'yn llygaid i'n od. Roedd y golau oren uwchben hefyd yn gwneud i bopeth edrych fel petaen nhw mewn ffilm. Aeth ambell gar heibio. Dechreuodd y lliwiau gymysgu wrth i mi bwyso 'mhen yn ôl ar y gwydr a cheisio balansio ar y strip tenau o fetel oedd i fod yn sedd. Darllenais y posteri ar hyd y welydd. *'The future is Orange'*. Ma'r byd i gyd yn orenj yn y nos, meddyliais. *"Where will you be when Jesus comes?"* mewn llythrennau mawr duon. Edrychais ar fy wats. Dal yn aros am y blydi bys ma mwy na thebyg. Rhoies 'y mhen yn ôl eto a dechrau pendwmpian. Swn ambell gar arall yn pasio. Ci yn cyfarth a rhywun yn gweiddi.

"Oi mate! you getting' on or what?" Gyrrwr y bws.

Neidiais ar 'y nhraed.

"Odw … *Yes* … "

• • • • •

Roedd y ceir cynta wedi dod nôl yn barod. Roedd cannoedd o bobol yn gwylio a nifer wedi casglu o gwmpas yr orsaf betrol lle'r oedd pob car yn dod yn ei dro i godi petrol. Ar gwrs o dros 140 o filltiroedd, roedd rhaid codi jiws o leia unwaith. Roedd 'na fan fyrgyrs a chlwstwr o fenywod a dynion yn chwilio am eu ffrindiau neu aelodau o'u teuluoedd yn y ceir. Doedd Mam erioed wedi bod yn gwylio. Roedd hi bob amser yn gweithio. Roedd tipyn o bobol allan, o ystyried mai dim ond y cefnogwyr ralïau oedd yn gwbod amdani. Doedd pobol normal ddim yn gwybod am fodolaeth yr holl helyntion. Pobol yn ymgynnull, yn ralio, yn gweiddi, yn ennill, yn colli, yn dod bant ac wedyn yn diflannu. Cymuned gyfan yn diflannu.

Arhosais i Dad fy ffonio wrth y fan byrgyrs a chael cyfle i wylio'r ceir yn dod i mewn yn ara bach. Roedd rhyw drydan yn rhedeg trwydda i wrth wylio'r gyrwyr gorau yn trin eu ceir a'r ffordd roedd y gyrrwr a'r nafigetor yn cydweithio gyda'i gilydd. Gallwn i fod wedi neidio i mewn i sedd ambell gar. Bob tro byddai Dad ac Al yn mynd allan, byddwn i eisiau mynd gyda nhw, ond eto doeddwn i ddim eisiau dangos i Dad gymaint ro'n i'n hoffi ralio.

Aeth car y cwrs â fi at Dad ac Al, wedi i bob car arall fynd trwyddo. Roedd ei gar druan – y Mark11 – yn racs a changen coeden wedi gwthio trwy ffenestr y gyrrwr.

"Da iawn Dad."

Roedd golwg ddifrifol arno fe a'i oferôls yn olew i gyd. Roedd e wedi llwyddo i danio'r injan ond doedd hi ddim yn swnio'n iach iawn.

"Wel, ma hi'n dal i droi," gwaeddodd dros y sŵn. "Jest abowt."

Gwthiais y bocs tŵls i mewn drwy'r ffenest ato.

"Ble mae Al te?"

"Pyb." Daeth sŵn uffernol o'r injan, "Ma'n nhw'n neud brecwast cynnar lawr 'na."

"O! Lot o help i chi!" meddwn gan edrych ar y car.

"Col, cau hi nawr nei di? Ma'r Mark II yn rhacs a 'na'r peth dwetha sy arna i ishe ar hyn o bryd yw ti'n bod yn prat."

Symudes i o'r ffordd at y lorri oedd yn bacio'n ôl yn barod i dowio'r car am adre. Roedd llwyth o bobol yn helpu, pobol oedd wedi dod i wylio'r rali rhan fwya. Roedd rhai'n dal golau, rhai'n clymu'r car yn sownd ac eraill yn sefyll yno â'u breichiau wedi croesi yn trafod faint fyddai hi'n gosti i reparo popeth.

"Diolch, Melvyn."

"Ie, iawn Dar, jwmpa mewn te."

"Hei diolch boi," wedodd Dad wrth un o'r dynion a fu'n dipyn o help i gael y car ar y lorri.

"Iawn Darren," cododd y dyn ei ben cyn troi ata i. "Iawn Colin."

"Mr Ifans!"

"Ie."

"O … Do'n i ddim yn … "

"Ddim yn gwbod 'mod i'n dilyn y ralie?"

"N … Na."

"Wel, ti 'di dysgu rhywbeth heno, mwy na ti'n wneud yn 'y nosbarth i Colin … Www," meddai gan edrych ar ei watsh, "a sôn am ddosbarthiadau, ma 'da ni wers mewn llai na phum awr, felly edrycha i mlan at dy weld ti bryd hynny."

Sleifiodd i ffwrdd i'r tywyllwch gan 'y ngadael i'n geg-agored.

"Pwy oedd hwnna te Col? Dwi 'di weld e ambwti'r lle o'r bla'n dwi'n credu," meddai Dad ar ôl bod yn siarad â Melvyn.

"O … ym … neb."

Eisteddais rhwng Dad a Melvyn yr holl ffordd adre gan geisio aros ar ddihun. Roedd hi'n dechrau goleuo.

Pennod 5

"Gad dy gelwydd!"

"Wir nawr!"

"Mr Ifans yn dilyn ralis?"

Roedd llygaid Lee yn fwy nag arfer hyd yn oed a'n rhai inne'n drwm eisiau cwsg.

"A ma Cwmrag 'da ni cyn cinio."

"O's, dwi'n gwbod."

"Hi Cols."

"Dim Col yw … " dechreuais ei atgoffa unwaith 'to cyn troi a gweld pâr o lygaid tywyll yn edrych arna i. "Claire?"

Doedd e ddim fod dod mas fel cwestiwn.

"Ie?"

Ceisiais feddwl am rywbeth i'w ddweud. Unrhyw beth! Ond roedd 'yn meddwl i fel bowlen o uwd ar ôl noson heb gwsg.

"Claire," wedes i unwaith 'to heb wybod pam.

"Ie, 'na beth yw'n enw i," atebodd hithe a rhoi hanner gwên.

Cochodd Lee a ffindio ei drainers yn ddiddorol iawn yn syden reit.

"Ym … "

Dechreuodd ffrindiau Claire chwerthin.

"Cŵl," meddwn i. Dyna'r unig air gallwn i feddwl amdano. Edrychodd hithe arna i, fel petai hi'n ceisio deall beth rown i am ddweud wrthi, cyn cerdded i ffwrdd.

"Odd hwnna'n embarasing, a dim ond watsho ro'n i!" meddai Lee.

"Diolch Lee."

"Diawl ti'n galler bod yn *loser*. Dere."

Ro'n i wedi blino gymaint nes do'n i ddim hyd yn oed yn teimlo'n embarased iawn ond roedd Claire yn cael rhyw effaith arna i nad own i'n ei ddeall. Doedd hi ddim yn un o ferched 'cŵl' yr ysgol nac yn un o'r 'nerds'. Roedd hi'n byw wrth ymyl ein stad ni a byddwn i'n 'i gweld hi weithiau wrth iddi fynd â'i chi allan am dro. Roedd hi'n glyfar ond ddim yn rhy glyfar chwaith. Do'n i ddim yn deall felly sut roedd hi'n medru rhewi 'nhafod i a gwneud i mi chwysu run pryd.

Mathemateg oedd y wers gyntaf. O leiaf ro'n i'n deall hwnnw. Rhifau, plotio, graffiau, y berthynas rhwng pethau. Ro'n i'n medru deall mathemateg oherwydd bod popeth yn gwneud synnwyr. Iaith a geiriau a chware ambwti 'da pethe fel 'beth yw dy farn di' a 'does dim ateb anghywir i ga'l' oedd yn neud i fi deimlo ar goll. Dim ateb anghywir i ga'l! Wel shwt yffach ro'n i'n ca'l gradd 'E' ar bob papur te os nag oedd ateb anghywir i ga'l?

Erbyn amser egwyl fe allwn i fod wedi gwerthu Mam-gu, tase hi'n dal yn fyw am gan o *Red Bull* neu ddwy *Pro Plus*. Canodd y gloch lawer yn rhy gloi a bwrodd Lee a fi am ystafell Mr Ifans. Gwthiodd Claire a grŵp o'i ffrindiau heibio i ni wrth y drws. Ro'n nhw'n giglan. 'Na beth arall oedd yn 'y ngyrru i'n benwan. Merched yn giglan. Pam ma'n nhw'n giglan? Be ma'r giglan 'na fod 'i feddwl?!

"Nawr te, Gramadeg."

Suddodd pen Lee yn is ar y ddesg a sylwais fod ganddo gliter yn ei wallt ers dawnsio neithiwr. Ysgrifennais nodyn ar flaen fy llyfr iddo.

OI PONS – GLITER YN DY WALLT DI.

"Colin os oes 'da ti rhywbeth i'w gyfrannu, beth am wneud hynny mewn ffordd bositif?"

Roedd Mr Ifans wedi llwyddo i sleidrio'n dawel ata i heb i mi sylwi unwaith eto. Ro'n i'n dechrau meddwl bod ganddo ryw glogyn anweladwy fel Harri ffilpin Potter.

"Na Syr."

"Wel, gramadeg ry'n ni'n ei drafod heddiw."

"Iawn Syr."

Roedd gramadeg yn ocê. Run peth â mathemateg

rili. Ond roedd hi'n gynnes yn y stafell ac ro'n i wedi blino. Roedd llais Mr Ifans yn mynd mlan a mlan a mlan a mlan fel sŵn cachgi bwm mewn pot jam. *Bzzzzz. Yada yada yada yada. BZZZZZZZZ.* Berfau. *BZZZZZZZZ.* Arddodiad.*Yada … Yada … Yada. HMMMMMMM.* Cysylltair. *Bzzzzzzzzzzzz.*

"COLIN!"

Daeth y pren mesur i lawr ar y ddesg o 'mlan i gyda chlep.

"Yo!" gwaeddais gan ddihuno fel petawn i wedi cael sioc electrig.

"Arhoswch tu allan os gwelwch chi fod yn dda. Fe gewch chi aros ar eich traed rhag ofn i chi feddwl am gael cwsg bach arall tra'ch bod chi allan yno. Fe gewn ni air ar ôl y wers."

Codais ar 'y nhraed a 'mhen i'n gymysglyd i gyd. Edrychodd Claire ddim arna i. Gwenodd Nic gan esgus clapio'n dawel. Roedd Lee'n dal wrthi'n ceisio cael y gliter allan o'i wallt.

Ar ôl i bawb adael, galwodd Mr Ifans arna i nôl i mewn. Gwnaeth arwydd i mi eistedd. Arhosais i'r storm ddechrau ond dim ond cerdded o gwmpas yn dawel wnaeth e am sbel.

"Nawr te Colin."

"Syr." Ro'n i'n mynd i esbonio am y rali a 'mod i wedi gorffod codi a …

"Dwi'n mynd i ysgrifennu nodyn i ti gael mynd

adre a chael tamaid o gwsg. Dwyt ti'n dda i ddim i neb fel rwyt ti. Oes rhywun adre?"

Cochais am ryw reswm.

"Na."

"Neb?" gofynnodd a'i eiliau'n codi.

Siglais fy mhen.

"Cymydog efallai?"

Meddyliais am Al. Yna, sylweddolais 'mod i'n gwrthod cyfle i gael pnawn rhydd.

"Bydd Mam yn y tŷ ond fe fydd hi yn ei gwely."

"Reit."

Oedodd Mr Ifans cyn cerdded o gwmpas y stafell am dipyn bach yn hirach. Do'n i ddim yn siŵr beth i'w wneud, codi neu aros neu beth.

"Cyfle yw hwn Colin," meddai'n dawel. "Un cyfle."

Edrychais ar fy sgidie.

"Dyw dod i'r ysgol heb gael cwsg ddim yn ddigon da i ddisgybl. Sut rwyt ti'n disgwyl bod yn ddigon effro i ddysgu unrhyw beth?"

"Sut ry'ch chi'n disgwyl bod yn ddigon effro i'n dysgu ni te, Syr?"

Roedd geiriau fel hyn yn dod allan o 'ngheg heb imi allu eu rheoli. Pasiodd rhyw olwg o siom dros wyneb Mr Ifans a theimlais inne gywilydd trwy'r blinder hyd yn oed.

"Rwy'n mynd i anwybyddu hwnna Colin."

Edrychais ar y llawr unwaith eto.

"Dwi am i ti fynd adre a chysgu, yna meddwl am dy waith ysgol. Mae hon yn flwyddyn fawr i ti. Rwy'n gwybod bod gen ti ddawn arbennig mewn rhai pynciau. Yn wir, fe glywais mai ti yw un o'r disgyblion gorau mewn mathemateg yn dy ddosbarth."

"Ond … "

"Dim 'ond' amdani. Rwy am i ti feddwl am dy sefyllfa a meddwl beth rwyt ti eisiau ei gyflawni."

Nodiais.

"Ti'n deall Colin? Chei di ddim cyfle arall, rwyt ti'n deall hynny?"

Aeth ton o flinder trwydda i wrth i mi nodio unwaith eto. Rhoddodd e ei ganiatâd ar ddarn o bapur i fi fynd adre.

"Reit, cymer hwn."

Cerddais adre am ryw reswm yn hytrach na chymryd bws. Roedd y cwbl fel breuddwyd a phopeth fel petai'n digwydd y tu allan i mi neu ym mhell i ffwrdd. Agorais ddrws y tŷ'n dawel bach rhag i fi hela ofon ar Mam a fyddai yn y gwely, wrth gwrs. Ond roedd sŵn chwerthin yn y gegin. Taflu 'mag ar y llawr mewn tymer. Rown i'n nabod y chwerthin. Chwerthiniad Al a Mam.

"Mam?!" cerddais i mewn i'r gegin. Roedd Mam ac Al ar y soffa yn yfed caniau o Strongbow.

"O hiya cariad bach." Sylwais fod sawl can ar y

llawr ar bwys ei thraed.

"Ro'n i'n ffaelu cysgu a daeth Al draw i gadw cwmni i fi," dechreuodd giglan.

"Be ti'n neud gartre te cariad?"

Edrychodd Al arna i'n fygythiol. Oedais am eiliad.

"Pen tost."

"Cymer paracetamol te bach. Hei, ti ddim yn gwbod wyt ti?"

"Beth?" holais gan ddal i edrych ar Al.

"Gwnaeth dy siwper diwper Dad ti'n dda neithiwr ac Wncwl Al! Ail yn eu dosbarth. Grêt on'd tife!"

"Grêt!" ailadroddais yn dawel. Roedd Mam yn chwerthin eto ac yn ceisio cynnau'r ffag oedd yn ei cheg gyda leitar ond yn methu. Cydiodd Al yn ei llaw a'i sadio.

"Dathliad bach wedyn ar y soffa," medde hi gan chwerthin.

"Cer i'r gwely nawr te cariad bach."

"Ie Cols, cer gloi," ailadroddodd Al â gwên fawr yn lledu dros ei wyneb.

Pennod 6

Pan ddihunes roedd hi'n ganol nos. 'Na be ro'n i'n ga'l am fynd i'r gwely cyn swper. Mae gole'r stryd tu fas yn taflu siapiau lliw cynnes ar hyd y nenfwd. Cofio mynd i aros at Mam-gu pam o'n i'n fach a ffaelu'n deg â mynd i gysgu achos ei bod hi'n rhy dywyll. Dim gole stryd, dim pentre na thre'n agos. Y cwbwl yn dywyll.

Penderfynu codi ac edrych allan drwy'r ffenest. Roedd cwpwl o fois yn eistedd ar wal y clwb rygbi'r ochr draw i'r stad yn chwarae ambwti a hen foi'n cerdded yn igam-ogam tuag at yr hewl fawr gan ddyfyrio rhywun ar dop ei lais, er ei fod yn hollol ar ei ben ei hun. Sylwais fod gole yn y garej. Edrych ar y cloc *Manchester United* ar bwys y gwely a meddwl efallai bod rhywun wedi torri i mewn. Roedd Dad wastad yn ofni hynny. Roedd pawb yn gwybod bod y Mark II coch i mewn yn y garej ac yn werth arian. Bydde rhai pobol ar y stad yn fodlon torri i mewn i dŷ er mwyn benthyg Klennex.

Gwisgais drowsus a threiners heb foddran gwisgo sanau. Cerddais i lawr y stâr yn ara bach. Pobman yn dawel dawel. Cerdded drwy'r tŷ a golau'r lleuad trwy'r ffenest yn creu siapiau sgwâr ar y llawr. Mynd mas. Daw sleisen o olau melyn drwy gil drws y garej. Cerdded i fyny'r llwybr a 'nghalon i'n curo mor uchel nes byddai pwy bynnag oedd yno'n galler 'y nghlywed i'n dod. Sefyll wrth y drws. Gwrando. Dim byd. Gwthio'r drws fodfedd wrth fodfedd.

"Pwy sy 'na?" llais Dad yn dod o du ôl i'r drws. Edrychais arno ac yntau'n dal morthwyl uwch ei ben.

"Hei! ... Oi!!" chwiliais am eiriau.

"Be ddiawl! ... O'n i'n meddwl bod rhywun yn torri i mewn.

"Ff ... Ff ... Fflipin hec Dad, helest ti ofan arna i."

"Wel, do'n i ddim yn disgwyl neb i alw amser hyn o'r nos on i?" Taflodd y morthwyl yn swnllyd ar un o'r meinciau. "Cofia bydde Catherine Zeta mewn gwisg nyrs wedi cael croeso mowr 'da fi!"

"Dad!"

"Sori."

Roedd e'n sefyll gan edrych ar y car a'i lygaid e'n dywyll, dywyll. Es i sefyll wrth ei ymyl.

"Pam wedoch chi gelwydd wrth Mam?"

Roedd popeth yn dawel a'r car yn gorwedd o'n blaenau ni'n edrych fel person wedi cael crasfa ofnadw. Y bochau wedi pantio, gwydrau'r ffenestri wedi eu chwalu, fel llygaid sgerbwd gwag a'r olew'n dripian yn ara bach ar y llawr fel gwaed yn casglu yn un pwll tywyll, cochddu.

"Ro'n i ishe iddi feddwl 'mod i'n galler ennill, t'mod."

Ceisiais ddeall gan wrando ar drip dripian yr olew.

"Fe gostith hi ffortiwn mewn amser ac arian i ail-neud hon. Eith hi'n seico tweld. Os g'na i'r cwbwl heb iddi wbod, ma rali arall … "

"Ond Dad!"

"Ma rali arall i gal mewn rhyw fis. Y *Night-owl*. Ma honno'n bwysig. Yr un fwya … licen i … "

"Beth?"

"Licen i neud rhywbeth yn iawn, am unwaith t'mod. Gneud hi'n browd ohona i."

Aeth fy meddwl yn ôl at Mam ac Al ar y soffa.

"Ma hi ishe priodi t'weld, ishe safio arian," ychwanegodd.

"Ma hi'n bwti bod yn bryd ichi … "

"Dwi'n gwbod ond dim nes … "

"Be ti'n dreial profi Dad?"

"Ti ddim yn deall?"

"Nadw. Yr unig beth dwi'n weld yw bod ti newydd chwalu'r car, mwy na thebyg achos bod Al wedi yfed bolied o gwrw cyn y rali, a bod ti'n gweud celwydd wrth Mam sy'n haeddu gwell. Nawr ti'n mynd i ladd dy hunan yn gweithio ar y seit yn ystod y dydd ac wedyn ar y car tan orie mân y bore. Ac er mwyn beth? Er mwyn cael cyfle i'w smasho fe unwaith 'to. Ma Mam yn gweud y gwir. Dylet ti fod yn hela mwy o amser 'da hi, yn rhoi tipyn bach o faldod iddi a rhoi arian iddi hi, yn lle bod hi'n gorffod mynd mas i weithio drwy'r nos, bob nos ac edrych fel petai hi wedi blino drwy'r amser."

Daeth y cwbwl mas yn un llif. Edrychodd Dad arna i'n syn.

"Dad ... " dechreuais ...

"Sori Colin," wedodd e'n dawel gan wthio heibio i fi a mynd am y tŷ. Sefais yno wedyn yn edrych ar geg agored erchyll y bonet, fel petai'n chwerthin ar ein penne ni. Rhegi'n hunan wedyn am ddweud pethe mor gas, fel rown i'n neud yn aml, wrth rywun ro'n i'n ei hoffi fwya. Rhwbiais fy mhen. Roedd Dad yn foi iawn, yn yrrwr da, ond weithie roedd e'n ffili gweud digon, 'na ddiwedd arni. Clywais ddrws y tŷ'n cau yn y pellter.

Roedd hi'n oeri a'r blew ar 'y mreichiau i'n sefyll i fyny. Aeth popeth trwy fy meddwl ar yr un pryd: Al a Mam ar y soffa; Dad yn edrych ar y car wedi ei racso; Claire yn edrych arna i; geiriau Mr Ifans, 'Meddylia di beth rwyt ti eisiau ei gyflawni'. Siglais 'y mhen ac edrych i fyny a gweld y llun o'r Sgwbi-dŵ Aur yn gwenu'n ôl arna i.

Pennod 7

"Colin! Colin!"

Roedd Lee yn rhedeg tuag ata i ffwl sbîd.

"Co ... Col ... Colin!" Roedd e allan o wynt.

"T ... T ... Tries ... i decsto ti neithiwr ... ond ... ond ... "

"Wow nawr, te. Aros am funud i ti ga'l dy anadl nôl."

"Odd dy ffôn di bant."

"Ro'n i'n cysgu, be sy'n bod?"

"Ma'n nhw'n gwbod!"

"Beth?"

"Ma'n nhw'n gwbod!" Roedd e'n cydio yndda i fel petai wedi ffindio'r dingy ola ar y Titanic.

"Beth? Pwy sy'n gwbod beth?"

Closiodd ata i gan gydio yn 'y mreichiau i a'i lygaid gwyllt dim ond modfeddi oddi wrth fy rhai inne.

"Ma'n nhw'n gwbod am y *ballroom*," pwysleisiodd bob gair yn ara fel petai yn agent i'r MI5.

"O 'na'i gyd?" meddwn gan siglo fy ffordd yn rhydd.

"'Na i gyd! 'Na i gyd!" meddai'n anghrediniol.

"Ti ddim yn deall," meddai gan siglo'i ben. "Dwi'n ded ... 'sa i 'di cysgu winc ... fe ges i tecst 'da Nic."

"Pwy? Nic y P... ?"

"Ie."

"Wel, 'na fe te. Sneb yn gwrando arno fe."

"Cerddodd e heibio'r ganolfan ddawns a gwelodd e fi."

"Neith neb wrando arno fe. Ma pawb yn gwbod bod e'n bloncyr."

"Ti'n meddwl?"

"Wrth gwrs. Dere, ne fe gollwn ni'r bys ma."

Roedd y safle'n llawn a gwelais ben golau Nic o bell. Ro'n i'n gobeithio 'mod i'n iawn er mwyn Lee. Roedd pawb yn dawel wrth i ni agosáu. Gwenodd Lee arna i a chwympodd ei ysgwyddau dipyn.

"Dim problem." Ro'n ni'n dau'n sefyll ynghanol pawb. Yn sydyn dyma nhw i gyd yn gweiddi gyda'i gilydd.

"OCÊ, BILLY ELLIOT?"

• • • • •

Aeth y diwrnod o ddrwg i waeth gan fod dwbwl chwaraeon yn y pnawn. Daethon ni allan o'r stafelloedd newid gyda'n gilydd ac roedd Nic a'i fêts yn disgwyl amdanon ni ar dop y stâr.

"Hei bois, co fe, gyda'i fêt."

Rhai yn chwerthin a Lee'n camu cam am nôl.

"Paid edrych arnyn nhw," sibrydais.

"Yffach drychwch ar siorts Lee, bois!" Roedd Lee'n gwisgo rhai coch, yn wahanol, fel arfer, i bawb arall.

"Ma fe mor dene ma fe'n edrych fel thermomiter!"

"Bydde dim ots 'da fi gymryd tymheredd Mam Colin, cofiwch. Chi 'di gweld hi yn SPAR? Fi wastad yn gofyn iddi estyn pethe o'r silff ucha jest i gal pip fach."

Berwodd 'y 'ngwa'd i.

"Ma Lee mor dene ma fe'n edrych fel pensil â chlustie," gwaeddodd rhywun arall. Teimles Lee'n mynd yn fach fach wrth 'yn ochr i.

Allwn i ddim rheoli 'nhymer rhagor. Troies a chydio yng ngholer Nic a'i wthio lan yn erbyn y wal.

"Be ti'n weud Nic?" Poerais trwy fy nhymer.

"Be ti'n mynd i allu neud Colin? Ti mewn digon o drwbwl fel ma hi."

"Fe fflatna i ti, ti'n clywed?"

"Wel, dere mlan te!"

"Colin gad e, dyw e ddim gwerth y trafferth!" Roedd Lee'n tynnu wrth fy mhenelin.

"Ie, Cols, gwranda ar dy gariad!"

Gwthiais e'n ôl eto'n galed yn erbyn y wal a thynnu 'nwrn yn ôl yn barod i'w fwrw.

"COLIN! Beth sy'n bod arnot ti?"

Mr Ifans wedi dod rownd y gornel. Typical.

"*Awwwww!*" Actiodd Nic fel petai'n 'nwrn wedi ei fwrw. Gadawais i e'n rhydd.

"Be sy'n mynd mlan ma te?"

Sythodd Nic ei grys T.

"Dim, Syr."

"Wel dyw e ddim yn edrych fel dim i fi. Colin?"

Ro'n i'n ffaelu ag edrych miwn i'w lygaid.

"Dim, Syr."

"Wyt ti ddim wedi anghofio ein bargen fach ni gobeithio wyt ti?"

"Nadw, Syr."

"Wel, llai o hyn te chi'ch dau, os gwelwch chi fod yn dda. Bydda i'n siarad 'da'ch rhieni chi am hyn nos fory, felly gwedwch wrthyn nhw 'mod i'n edrych ymlaen yn fawr iawn at eu gweld."

O na! Ro'n i wedi anghofio am y noson rieni a ddim wedi dweud wrth Mam am gael noson yn rhydd i fynd yno.

"Nawr ewch i newid, y ddau ohonoch chi," meddai Mr Ifans gan gerdded i ffwrdd. Winciodd Nic arna i wrth droi ei gefn a cherdded gan geisio dynwared rhywun hoyw'n cerdded. Roedd Lee'n dawel ac yn edrych ar ei siorts coch.

"Paid becso."

Roedd Lee'n dal yn dawel.

"Hei, paid becso, ocê?"

Nodiodd Lee gan lusgo'i draed tuag at y stafell newid.

"Hei, dwi'n meddwl bod dy shorts ti'n cŵl!" gwaeddais ar ei ôl mewn rhyw fath o ymdrech olaf i godi ei galon.

Edrychais arno'n mynd a gallwn i fod wedi bwrw 'mhen yn erbyn y wal. Edrychais i fyny a gweld Claire ac Emma ei ffrind yn edrych arna i o'r cyrtiau tenis. Mae'n debyg iddyn nhw weld y cwbwl. Gwenodd Claire arna i a gwenais innau'n ôl arni hi. Yn sydyn reit, ro'n i'n gallu cerdded ar ôl Lee gyda 'mhen yn yr awyr.

Pennod 8

"Colin y cythrel bach!"

Rhedodd Mam i lawr y stâr i gwrdd â fi'n dod nôl o'r ysgol.

"Hi Mam."

"Wedes ti ddim bod noson rieni i ga'l neithwr!"

Ro'n i'n gwbod y bydde rhywun yn dweud wrthi, ond er hynny, er 'mod i wedi cael digon o amser i baratoi esgus da, ro'n i heb feddwl am 'run.

"Ymmm, anghofies i."

Roedd un llaw yn pwyso ar ei hochor a dyna lle roedd hi'n sugno'r bywyd allan o ffag gan wneud i'r pen gochi gyda'i hymdrechion.

"Anghofies ti, do fe?" Roedd hi'n tapio'i throed hefyd ac roedd hynny wastad yn arwydd gwael.

"Ond … "

"Dim 'ond' ambwti ddi Colin," roedd hi'n defnyddio fy enw llawn hefyd. Roedd hynny'n dangos bod pethau'n mynd o ddrwg i waeth.

"Fe ges i alwad ffôn gan athro o'r ysgol. Hwnnw'n

gofyn i fi pam nad on i 'di dod i drafod gwaith fy mab."

"O!"

"Ie 'O!'"

"A ffindies i mas wedyn dy fod ti wedi bod mewn trwbwl dros dy ben a dy glustie 'fyd. Fe weda i un peth wrthot ti, dwi ddim wedi dy fagu di i fod yn yob."

"Ond Mam!"

"Drygs fydd hi nesa. Drygs ac yfed a hynny'n arwain at ymosod ar rywun ar y stad. Byddi di ar dy ben mewn jâl, machgen i os na fyddi di'n ofalus."

"'Sa i … ."

"Dy dad a finne'n gorffod dod i dy weld ti wedyn, bob wythnos, a siarad â ti ar draws ford fach … "

"Ond …

"Pam na alli di fod yn neis wrthon ni?"

"Dwi … "

"A pheth arall, wedodd e wrtho i 'fyd bod hi ddim yn ddigon da i ti ddod i'r ysgol heb gysgu'r noson cynt!"

"Beth?" Aeth saeth o nerfusrwydd drwydda i.

"Ti 'di bod yn mynd i'r ysgol heb fod yn y gwely'r noson cynt yn ôl y sôn."

Cochais.

"Ie?"

"Ie, beth?"

"Ble fuest ti? Ti 'di bod yn cymryd mantais o'r

ffaith 'mod i mas drwy'r nos yn gweithio ac yn slafo i dreial rhoi bwyd ar y ford a ti'n dianc mas i greu trwbwl. A ma dy dad yn cysgu mor sownd drwy'r nos, chwarae teg iddo fe, ar ôl bod yn slafo ar y seit 'na. Does dim siawns 'da fe i dy glywed ti!"

Roedd annhegwch y peth yn anhygoel. Ro'n i bron â gweud, jest bron â gweud ...

Na, dyw Dad byth yn neud dim byd yn rong. Dad sy'n gwario'i arian ar rywbeth na fydd yn dod â dim elw iddo fe, yn treulio'i amser bob dydd Sadwrn yn gweithio ar ei gar. Dim amser i siarad â fi, i ofyn shwt ma pethe'n mynd, yn cwato yn y garej achos bod e'n ffaelu â gwynebu ei fod e'n ffaelu gwneud dim yn iawn. Ma fe hyd yn oed yn ffaelu gwynebu ei fod e'n ffaelu!

Nes i ddim gweud hynna wrth gwrs. Jest mwmblan rhywbeth nes i.

"Cer o 'ngolwg i Colin, yn gloi!"

"Iawn!"

Cerddais mas o'r gegin a chau'r drws yn glep ar 'yn ôl nes bod y panel gwydr yn crynu. Cerdded a cherdded heb wybod i ble ro'n i'n mynd. Roedd popeth mor anobeithiol, doedd bywyd ddim yn deg. Ciciais ddarn o bren nes ei fod yn sgrialu ar draws y palmant. Sylwi ar hen fenyw'n edrych arna i mewn ofn ac yna teimlo'n grac oherwydd y ffordd roedd hi siŵr o fod yn 'y ngweld i. Bachgen ... wel ... dyn ifanc ffyrnig yn cicio pethau ar hyd y stryd heb ddim rheswm, heb alw o gwbwl. Cyrhaeddais y parc.

Roedd y parc y tu cefn i'r caeau chwarae yn lle i bawb gyfarfod. Fan hyn snogies i ferch y tro cynta erioed. Ar y seddi'r ochor draw gwnaeth Lee a finne feddwi'n racs ar Seidr am y tro cynta. Roedd hi'n dawel. Yn ddiweddar roedd gwahanol gangiau wedi dechrau hawlio'r parc, ond wrth lwc doedd neb yma heddi. Fydde dim amynedd 'da fi beth bynnag i gwrdd â neb heddi. Eisteddais ar y fainc am amser hir.

"Olreit Col?"

Lee.

"Ddim yn ponsan ambwti heno te Lee?"

"Na," meddai gan eistedd i lawr. "Nosweth bant. Mam a Dad 'di mynd i Salsa neu rywbeth yn lle 'nny."

"Ro'n i'n meddwl mai rhywbeth i dynco dy Doritos ynddo oedd hwnnw!"

"*Piss off* Cols."

"Shwt ot ti'n gwbod bo fi ma te?"

"Wel … galwes i heibio'ch tŷ chi a wedodd dy fam bod y … hang on i fi gal hwn yn iawn … . 'bod y cythrel celwyddog, y 'ffŵl' wedi mynd mas. Falle bod ambell i air bach lliwgar arall ar goll fan'na 'fyd."

"O?"

"Wel, ro'n i'n meddwl mai amdanat ti roedd hi'n siarad ac wedyn sylweddoli mai i'r fan hyn y byddet ti 'di dod. Ffag?"

"Na, dw i 'di bennu smoco. "

Chwerthin nath Lee a chymres inne un er nad o'n i'n gwybod pam rili. Do'n i ddim rili yn hoffi smocio a gweud y gwir.

"Ie, be sy'n dy boeni di?" gofynnodd Lee.

"Ych, popeth rili."

"Wel, dim ond rhyw beder awr sy 'da fi. Bydd rhaid anghofio rhai categorïau. Newyn y Trydydd Byd. Faint o foch sydd yn China a phrisie Avocados?"

Gwenais.

"Dy dad?" holodd.

"Ie."

"Dy fam?"

"Ie."

Sibrydodd yn 'y nghlust i. "Claire?"

"Ca dy ben, 'nei di?"

"Bingo!"

"O, 'sa i'n gwbod."

"Ti'n 'i lico hi on'd wyt ti?"

"Ma 'ny'n wahanol."

"Ie, ie."

"'Sa i'n galler siarad â hi, teimlo'n … "

"Prat?" cynigodd Lee.

"Diolch."

"Iawn."

"'Sa i'n gwbod. Teimlo rhyw densiwn drwy'r amser."

"Gofyn iddi fynd mas 'da ti te."

"O ie, alla i weld 'na'n gweithio. Hiya Claire! Licet ti alw draw i'n tŷ ni? Mae'r tŷ ar dwll o stad 'da seico o Fam sy'n gwisgo llai o ddillad na Jordan. Tad sy'n cuddio yn y garej a ffrind sy'n fisi'n ponsio dawnsio bob munud."

"Diolch."

"Iawn."

"O wel … lan i ti," gwasgodd Lee ben y ffag i mewn i fraich bren y fainc.

"Ambwti dy dad."

"Ie?"

"Falle dylet ti … "

"Be?"

"T'mod … "

"Be?"

"Wel, rho fe fel hyn," meddai gan blygu'i ddwylo ar draws ei chest esgyrnog. "Odd Mam a Dad twel … ddim yn dod mlan … byth yn siarad â fi … ro'n nhw'n fel petaen nhw'n gweud 'wel, ni wedi dy godi di'n deidi, nawr mae hi lan i ti'."

"Ie."

"Wel, 'na pam dechreues i ddanso."

"Lico'r trowseri tynn a'r mêc-yp wyt ti!"

"Ie, wel … hynny 'fyd … ond na, wir nawr. Ma fe'n rhywbeth ni'n galler neud 'da'n gilydd t'mod … Ni'n galler siarad am bethe, achos ryn ni'n siarad am

… wel … danso … Allen nhw ddim dod lawr i'r parc 'da ti a fi i smocio rili, allen nhw nawr?"

"Wel … "

"Ti'n lico ralio on'd wyt ti. 'Na gyd o't ti'n siarad amdano unwaith. Ti'n dda mewn mathemateg ac yn dda mewn dylunio a phethe fel'na, ma pawb yn gwbod 'ny."

"Ond, 'sa i'n moyn i Dad feddwl 'mod i … t'mod, … yn credu bod y ffordd ma fe'n bihafio'n iawn, bod popeth yn … 'sa i'n gwbod."

Cododd Lee a dechrau dawnsio o 'mlaen i.

"A ta beth," medde Lee, "pan fydda i'n mynd i'r coleg, a dwi'n bendant yn mynd i'r coleg, beth bynnag bydd Mam a Dad yn 'i weud … deith y symudiade ma'n handi!"

Dechreues i chwerthin. Roedd Lee'n eitha da 'fyd, er ei fod yn gwybod ei fod e'n gwneud ffŵl ohono fe'i hunan.

"O na!" rhewodd Lee a finne.

"Wahey! Y boi caled 'da Billy Elliot!"

Troiodd Lee a gweld Nic a'i ffrindiau.

"Go on te Lee, dawnsia … dawnsia i ni gael dy weld ti!"

Codais ar 'y nhraed.

"Ooooo, co *loverboy* yn dod i dy achub di, ydy e?"

Roedd un o'r giang wedi codi darn o bren a chydiodd Nic ynddo a'i daflu at draed Lee. Neidiodd

Lee i'w osgoi.

"Drychwch arno fe'n dawnsio!"

Tasgodd y pren a bwrw Lee yn ei figwrn. Cwympodd ar y llawr yn gwingo.

"Stopia hi reit," gwaeddes i.

"Be ti'n mynd i neud Cols? 'Sa i'n gallu dy glywed ti," meddai gan roi llaw tu ôl i'w glust.

"Gad e fod!"

"Www, a be ti'n mynd i neud? Cymryd ni gyd mlan, achos weden i nad o's lot o obeth 'da ti gan mai dim ond dou ... Wel," meddai gan edrych ar Lee, "a gweud y gwir rwyt ti ar dy ben dy hunan. 'Sa i'n credu bod Mr Ifans yn mynd i ddod i dy achub di man hyn chwaith, y pet bach."

Roedd fy chest yn dynn gan ddicter. Ro'n i'n sefyll fodfeddi o'i wyneb e a sylweddoles 'mod i'n cydio yn ei goler. Ro'n i'n anadlu'n drwm. Llifodd popeth trwy 'mhen i ond yn sydyn gadawes iddo fe fynd. Roedd popeth yn y byd yn dweud wrtha i am ei fwrw fe, torri ei drwyn e'n rhacs. Fydde neb yn gallu gweld bai arna i. Roedd pob rheswm yn y byd gen i i'w chwalu fe.

"Cym on Col ... Dere mlan te ... . Falle dylet ti fynd i hôl Al! Ma pawb yn gwbod bod e'n hela lot o'i amser rownd yn y'ch tŷ chi'r diwrnode ma, yn enwedig pan ma dy dad yn y gwaith!"

Y giang i gyd wrth gwrs yn chwerthin.

Allen i fwrw fe ac wedi esbonio beth oedd e wedi

ei weud. Bydde Mam a Dad yn falch ohona i. Roedd pawb yn disgwyl i fi ei fwrw. Ond, llwyddais rywsut i reoli 'nhymer.

"Ie, ie, dim ond siarad mowr wyt ti on'd tife Cols, dim ond siarad."

Agorodd a chaeodd Nic ei law fodfeddi o flaen 'y nhrwyn i fel petai ei law yn siarad cyn i'r giang gerdded i ffwrdd dan chwerthin. Cerddes at Lee a oedd yn rhwbio'i figwrn. Roedd dagrau yn ei lygaid.

"Dwi'n credu ei bod hi wedi torri, Col," meddai'n dorcalonnus

Plygais i'w godi a rhoi ei fraich dros fy ysgwydd er mwyn hanner ei gario gatre mewn tawelwch.

Pennod 9

Treuliais y penwythnos yn helpu Dad. Dodd Mam ddim yn siarad â fi ta beth a Lee'n nyrsio'i figwrn. Fe ges i decst ganddo fe'n dweud bod yna doriad bach tenau trwy'r asgwrn ac y byddai'n gorffod bod mewn plastar am rai wythnosau. Fydde fe ddim nôl yn dawnsio am dipyn. Wrth i fi ei gario adre fe berswadiodd fi i beidio â gweud beth ddigwyddodd yn iawn wrth 'i rieni ac i esbonio mai cwympo wnaeth e. Un fel'na oedd Lee.

"Bydd pethe'n well cyn bo hir," meddai Dad wrth weithio yn ddiwyd o dan y car.

"Yn well na ma pethe 'da Lee te," atebais â'm meddwl i ym mhell i ffwrdd.

"Ie, fe glywes i amdano fe 'da dy fam. Beth ddigwyddodd i'r ceglyn bach te?"

"'Sa i'n gwbod," atebais gan deimlo'n falch ei fod e dan y car ac yn methu â gweld 'y ngwyneb celwyddog i.

"Ie, ie, gwed ti," gan awgrymu ei fod e wedi deall nad own i am weud y gwir.

Roedd Dad yn neud synau bach bob nawr ac yn y man wrth iddo frwydro ym mherfeddion y car.

"Ry'n ni'n mynd i' neud hi tro hyn," meddai gan dynhau rhyw beipen.

"Ie, ie, gwed ti," meddwn inne, yr un mor anghrediniol.

"Na, wir. Betia i ti."

Meddyliais am eiliad.

"Dere mlan te!"

"Beth?" meddai'r llais o dan y car.

"Dwi'n fodlon betio."

"Paid â bod yn sofft 'chan."

"Na, dere mlan." Daeth gwyneb Dad i'r golwg o dan y car wrth iddo sleidrio allan ar droli. "Ocê te. Beth yw'r ods?"

"Os enilli di hon, cei di benderfynu gorffen ralio, gwerthu'r car a phriodi Mam."

"Ieee ... "

"Ac os golli di, bydda i'n cael gneud i ti orffen ralio, gwerthu'r car a phriodi Mam."

"Dyw honna ddim llawer o fet, odi ddi?"

"Ma hi'n olreit weden i!"

"Ocê! Dîl!"

Aeth Dad yn ôl o'r golwg.

"Lle ma Al te?" holais gan feddwl bydde fe fel arfer yn helpu.

"Ffaelu dod heddi, rhywbeth mlan 'da fe."

"O."

"Lle ma Mam te?"

"Wedi mynd i siopa rhywle."

"O."

"Pasia'r sbaner 'na nei di?"

Plygais i estyn y teclyn iddo dan y car. Rodd rhywbeth mor ofnadwy yn y syniad bod 'na wirionedd yn y sibrydion am Mam ac Al a do'n i ddim eisiau meddwl na siarad am y peth. Meddyliais am siarad 'da Dad ond byddai crybwyll y peth yn ei wneud e'n benwan ac yn dod ag e'n real, yn fyw ac yn rhan o 'mywyd i wedyn. Weithiau, roedd hi'n haws anwybyddu pethau. Gweithiodd Dad mewn tawelwch gan estyn ei law i fyny weithiau a dangos lle'r oedd e eisiau'r golau ro'n i'n ei ddal iddo.

"Dad."

"Ie?"

"Ti'n meddwl bod Al ... " tries i feddwl am eiriau, ond fel arfer, gwnaeth fy mrên i ddim gweithio, "yn ... iawn?"

"Be ti'n feddwl?"

"Yn ... iawn ... t'mod ... "

"Sa'i'n credu bod e'n dost."

"Na, dim 'na beth dwi'n feddwl."

"Be ti'n feddwl te? Dere â'r twba gwag 'na i fi fan hyn 'nei di, ne bydd oil ar hyd y llawr i gyd."

Estyn iddo pob dim oedd e ei angen. Ffaelu meddwl sut i ail godi'r pwnc.

"Ma Al yn iawn," meddai. "Dwi'n gwbod nad y'ch chi'ch dau'n dod mlan cystal ag y gallech chi falle, ond ma fe'n foi iawn. 'Dyn ni 'di bod yn ffrindie ers blynydde."

"O."

"Ma rhaid i ti ddeall 'i ffordd e. Dyw e byth wedi 'ngadael i lawr. Ma fe'n gwd boi."

"Ond ... "

"Falle bod e bach yn jelys."

"Beth?"

"Wel ... rhyngot ti a fi ... dim ond fi a fe oedd yn ralio, fe oedd 'yn ffrind agosa i ers blynydde a'r unig ffrind agos. Odd e ddim yn disgwyl i ti dyfu a chymryd 'i le fe ... "

"Cymryd 'i le fe?"

"Ie, fel ... wel ... ry'n ni'n mêts nawr on'd y'n ni? Dim jest tad a mab teip o beth."

Cochais gan ddiolch ei fod e o'r golwg ac na fydde fe'n sylwi. Dyna'r tro cynta eriod iddo fe siarad â fi fel hyn a dangos agosatrwydd. Ro'n i'n genfigennus o'r holl amser roedd Al wedi bod yn ei dreulio gyda Dad?

"Dy fam wedi gweud bod ti mewn tipyn bach o drwbwl yn rysgol?"

"Ym ... " Do'n i ddim yn siarad am bethau fel hyn fel arfer chwaith.

"Paid â becso. Do'n i ddim yr un gorau yn yr ysgol 'yn hunan."

Arhosais mewn tawelwch.

"Trïa dy ore 'na i gyd. Cymraeg yw un o'r gwaetha tawe?"

"Ie."

"Wel alla i ddim bod yn llawer o help i ti fan'na ond trïa dy ore 'nei di?"

"Ocê."

"A gwranda ar yr athrawon."

Gwenais.

"A siarad am *'classes'*, dwi'n credu bod siawns go lew 'da ni ddod yn y ddou gynta os eith popeth yn iawn. Buon ni bron â neud hi llynedd. Briliant. Ro'n i'n gwbod 'yn bod ni'n agos ati. Codon ni'r *codeboards* i gyd, fethon ni ddim un o gwbwl, ac ro'n ni wedi ffindio'r ffordd iawn o gwmpas y *triangle* ro'n nhw wedi ei roi yn y cwrs … "

Daeth Dad allan o dan y car unwaith 'to a chododd, braidd yn ffwdanus ar 'i draed. Daeth llygaid Dad yn fyw i gyd wrth iddo ddechrau rhoi'r tŵls i gyd gadw.

"Chollon ni mo'r llwybr ac arhoson ni ymhob arwydd 'Ildiwch' … Dwi'n gweud wrthot ti. Ath pob dim yn berffeth."

Roedd llunie o bob rali ar wal y garej uwchben y meinciau. Roedd rhai ohonyn nhw'n hen erbyn hyn a rhai wedi dechrau llwydo ynghanol yr holl ddwst a lleithder yn y garej.

"Sdim byd tebyg iddo fe ti'n gweld, dim byd tebyg. Ma'r adrenalin yn pwmpio trwy dy wythienne di, a dy galon di'n curo gymaint nes gneud i ti feddwl y bydd hi'n siŵr o fyrstio unrhyw eiliad. Ti'n gwbod dy fod ti wedi paratoi'r gore gallet ti a bod y ffordd wedi ei fapio'n berffaith. Y wefr wedyn wrth ddod tua'r diwedd a gwbod dy fod ti'n agos at ennill ... "

Glynodd y geiriau yna yn yr awyr ac am y tro cynta eriod, fe ddechreues ddeall pam roedd ralio mor bwysig i Dad. Pesychodd Dad fel petai'n teimlo ei fod e wedi gweud gormod.

"Reit te," meddai gan gydio yn y golau roeddwn i'n dal yn fy llaw a'i dal uwch ei ben fel bylb.

"Fi wedi cal syniad."

"Ha ha."

"Beth am i ni ffonio a chael Chinese i swper ac ewn ni dros y gwaith papur i gyd."

"Ocê."

"Cŵl?"

"Cŵl."

"Cŵl," meddai unwaith eto gan slamio'r bonet ar gau.

Pennod 10

"Dyw'r cariad ddim nôl yn yr ysgol 'to te?"

Nic a'i gang yn leinio'r coridor gan weiddi pethau ar bawb oedd yn cerdded heibio.

"Na Nic, ond dwi'n gweld bod dy 'harem' ti ma i gyd."

Chwerthodd rhai o flwyddyn saith oedd yn sefyll ar bwys. Culhaodd Nic ei lygaid. Er bod Lee yn galler cerdded yn iawn gyda help ffon, roedd e'n dal yn pallu'n deg â dod nôl i'r ysgol. Roedd arno fe ofn beth wneithe Nic a'i 'fêts' iddo fe mwy na thebyg, er fydde fe byth yn cyfadde hynny. Roedd e'n sâl hefyd. Bob tro eithen i draw i'w weld e, roedd e'n eistedd yn ei stafell a honno'n llawn o wobrau roedd e wedi eu hennill wrth ddawnsio. Doedd dim hwyl arno fe a bydde'n siarad yn dawel, dawel. Roedd ei fam a'i dad hyd yn oed wedi sylwi ac yn gofyn cant a mil o gwestiynau i fi bob tro eithen i'n agos at y tŷ.

'Oedd Lee mewn unrhyw drwbwl?'

'Pam nad yw e ddim eisiau mynd yn ôl i'r ysgol?'

Gwnaeth Lee i fi addo peidio â gweud dim ac fe

gadwes fy addewid, er bod hynny'n mynd yn anoddach ac yn anoddach bob tro. Roedd pythefnos wedi hedfan heibio ac roedd diwrnod y rali'n agosáu, hefyd dyddiad cau'r gwaith cwrs, ac wrth gwrs, yr arholiadau. Byddwn i'n ceisio bwrw at y gwaith bob dydd ac yn gweithio 'da Dad bob nos. Fel 'ny roedd llai o amser i feddwl am bopeth ac roedd pethau'n teimlo'n llawer haws. Tair nosweth oedd yna, cyn y rali nos Sadwrn ac roedd Mam hyd yn oed wedi llwyddo i gael noson i ffwrdd er mwyn dod i wylio. Roedd nos Sadwrn yn llanw 'mhen i'n barod.

"Colin, alli di esbonio i'r dosbarth am dy waith cwrs di … "

Daeth y cwestiwn o geg Mr Ifans cyn i fi gael amser i baratoi fy hun.

"Ymm."

"Dere mlan. Dwi wedi gweld dy daflen syniade di ac rwy am i ti esbonio'r testun i'r dosbarth."

Aeth 'y nghlustiau'n boeth yn sydyn a theimles yn anghyfforddus yn fy sedd. "Port … Portread o yrrwr rali, Syr."

"Ie," meddai Mr Ifans gan wneud arwydd gyda'i ddwylo imi barhau.

"Portread o yrrwr rali mewn ralis nos Syr."

"Paid dweud wrtha i, dwed wrth y dosbarth."

Edryches o gwmpas. Roedd hanner ohonyn nhw'n edrych yn hanner cysgu a'r lleill, y swots, i gyd yn edrych arna i fel pe bawn i am roi cyfrinach y flwyddyn iddyn nhw. Roedd Nic yn tapio'r ford yn ara bach gyda phen ei feiro. Sylwes i ddim lle'r oedd Claire.

"Ymm, portread o yrrwr rali yn paratoi ac yn gyrru mewn rali er mwyn bod y cyflyma yn ei ddosbarth. Mae e'n paratoi'r car ei hunan ac yn gweithio'n galed i gael y cyfan yn barod … " Am unwaith, gallwn i siarad, a siarad, a siarad. "Dwi'n mynd i ddisgrifio 'fyd sut bydd e'n cael y car yn barod, beth fydd e'n neud i'r car ac wedyn sut bydd e'n edrych yn ei siwt a'i helmet ac wrth gwrs ei deimlade fe noson y rali. Bydd yn rhaid i fi drial dangos sut ma fe'n teimlo wrth iddo fe hedfan ar hyd yr hewlydd ganol y nos er mwyn cadw'r car ar yr hewl ac wrth gwrs trial ennill."

Tawelwch. Meddwl wedyn a ddylwn i ddweud rhagor ond fe droiodd Mr Ifans i edrych arna i.

"Da iawn, Colin. Syniad gwych a llawer iawn yn fwy gwreiddiol na nifer o'r syniadau a roddwyd i mi. Iawn. Trowch i dudalen trideg saith … "

A dyna ni. Aethon ni trwy'r ymarferion ysgrifennu wedyn a orffes i ddim aros ar ôl na dim. Cerddes at y bys heb wbod yn iawn shwt ro'n i'n teimlo.

"Olreit Col?"

Claire. Do'n i ddim wedi bod yn cymryd sylw ohoni am y pythefnos ddiwetha ac a gweud y gwir, roedd hynny'n doriad bach neis. Llai o hasyl, ond wedyn, bob tro byddai hi'n siarad â fi …

"Hiya."

"Ti 'di bod yn dawel yn ddiweddar."

Peth od i weud, meddylies i, gan mai dim ond gwneud synau fel gorila ro'n i'n gallu gwneud pan odd hi o gwmpas beth bynnag.

"Odw i?"

"Odi Lee'n well? Ma'r Nic na yn … "

Am unwaith, hi oedd yn chwilio am eiriau.

"Yn P … ?" cynigais.

"Ie!" meddai gan chwerthin. Roedd hi'n edrych yn hollol wahanol pan oedd hi'n chwerthin.

"Ym … " dechreuodd hi fel petai hi ar fin gofyn rhywbeth. Cododd gwres trwy fy nghorff i gyd a'r awydd mwya yn y byd i redeg bant.

"Eniwe, gwell i fi fynd," meddwn i, heb sylweddoli beth ro'n i'n ei wneud.

"O … Olreit," gwenodd hithau'n lletchwith a cherddes inne i ffwrdd heb fod yn siŵr beth oedd wedi digwydd. Dalies y bys am adre a meddylies amdani am sbel, ond roedd yr holl beth mor gymhleth nes ei fod yn rhoi pen tost i fi. Roedd meddwl am y car yn gymaint haws.

•   •   •   •   •

Agorais y drws. Rhewais. Sŵn llais Al wedi ei blethu gyda chwerthin Mam. Aeth fy mrest i'n dynn i gyd. Taflu 'mag ar y llawr yn galetach nag arfer. Cerddes i mewn i'r gegin heb weiddi dim fel na fydden nhw'n gwbod 'mod i yno.

"O, helô," meddai Mam gan gydio mewn papurau oedd yn ei choel a'u gwthio i lawr ochr y soffa gyda'i llaw.

"Ti adre'n gynnar."

"Ma hi'n chwarter wedi pedwar," meddwn a'n llais i'n annaturiol o lonydd. Gwenodd Al arna i o'r soffa â'i fraich fawr drwm yn pwyso tros gefn y soffa i gyfeiriad Mam.

"Beth odd y papurau na?" holais â 'ngwres i'n codi.

"Dim byd," neidiodd Al, "yr holl wybodaeth ar gyfer y Rali 'na i gyd."

"Ti ishe pop, neu rywbeth?" Cododd hi oddi ar y soffa gan dynnu'r sgert fer oedd amdani i lawr wrth iddi sefyll ar ei thraed.

"Na ... na fi'n iawn ... ma gwaith cartre 'da fi i neud."

Doedd Al ddim yn edrych mor sbengllyd ag arfer ac roedd hynny'n hela ofon arna i. Ro'n i eisiau rhedeg at y soffa ac edrych ar y papurau 'na, ond mewn ffordd do'n i ddim eisiau gwbod chwaith.

"Faint o'r gloch bydd Dad gartre?" holais yn uchel.

"Fel arfer ynta," atebodd Mam a'i chefen tuag ata i

wrth iddi hi lenwi'r tegell. Aeth hi'n dawel.

"Reit, dwi'n mynd i neud gwaith te."

"Ie, iawn," atebodd Mam heb droi. Roedd Al yn edrych ar ei ewinedd ac yn tapio'i droed yn erbyn coes y ford. Es i hôl fy mag a cherdded yn drwm i fyny'r grisiau. Rown i'n clywed sŵn sibrwd y ddau o'r llofft. Tafles fy hun ar y gwely.

BIP BIP

Eistedd i fyny yn ara bach a chwilio am y ffôn yng ngwaelod 'y mag.

HIYA, T SE DOD DRAW?

Lee.

Gorwedd yn ôl ar y gwely heb ei decsto'n ôl a cheisio gwneud synnwyr o'r sibrwd i lawr yn y gegin.

Pennod 11

Roedd hi'n dawel yn y dosbarth gwyddoniaeth ac ro'n i wedi cael mainc yn y cefen yn syth y tu ôl i Claire. Roedd hyn yn meddwl 'mod i'n medru edrych arni heb iddi wybod. Daeth cnoc ar y drws a throdd Mr Powell i weld pwy oedd 'no.

Rhoddodd Mr Ifans ei ben heibio'r drws. Roedd pawb yn edrych o gwmpas fel bydd pawb yn gwneud pan fyddai rhywun yn torri ar draws gwers.

"Ga i weld Colin am funud Mr Powell?"

Neidiodd 'y nghalon wrth glywed e'n enwi fi. Nodiodd Mr Powell heb weud gair. Do'n i byth yn siŵr a oedd y boi yn fyw a dweud y gwir. Doedd e byth yn symud, ddim yn siarad llawer ond dweud beth oedd rhaid a braidd roedd e'n anadlu.

Codais a gwnaeth Mr Ifans arwydd arna i ddod â 'mag 'da fi. Meddyliais yn wyllt beth gallwn i fod wedi ei wneud y tro hyn. Roedd golwg ddifrifol iawn arno. Es allan trwy'r drws. Roedd Claire yn 'y ngwylio i'n mynd.

"Dere 'da fi Colin, dwi eisie gair 'da ti."

Cerddodd yn gyflym o 'mlaen i gan hercian dipyn a gor-gamu gyda'r goes arall fel petai'n sleidrio ar hyd y llawr. Ro'n i'n disgwyl gorffod mynd at y Prifathro ond fe droiodd i'r dde cyn dod at ystafell hwnnw a cherdded am ystafell yr athrawon.

"Dere mewn," meddai gan gau'r drws tu ôl i mi.

"Eistedd."

Do'n i erioed wedi bod yn stafell yr athrawon o'r blaen, heb sôn am gael eistedd yno. Roedd e'n lle rhyfedd, mygiau coffi ar hyd y lle a jôcs wedi eu pinio ar fwrdd corc ar wal yn y gornel. Eisteddodd Mr Ifans godderbyn â fi. Daeth sŵn sodlau i lawr y coridor wedyn a daeth Miss Hughes, ein hathrawes Addysg Bersonol a Chymdeithasol i mewn ac ymuno â ni. Roedd rhywbeth mawr yn bod. Dechreuais chwysu wrth iddi siarad.

"Nawr Colin, meddai, "mae Mam a Tad Lee wedi gofyn i ni gael gair 'da ti."

"Mam a Tad Lee?" meddyliais a 'mhen i'n llawn dryswch.

"Mae damwain wedi bod, wel … dim damwain a gweud y gwir."

Roedd y stafell yn boeth a finnau bron yn methu ag anadlu.

"Fe wnaeth Lee gymryd tabledi neithiwr," meddai hi'n ddifrifol.

Bwrodd y geiriau fi fel cerrig.

"Mae Lee'n iawn. Fe wacaeon nhw 'i stumog e yn yr ysbyty a diolch byth, doedd dim digon o wenwyn wedi cyrraedd ei organau i wneud niwed parhaol iddo fe."

"Fe wellith Lee yn iawn," ychwanegodd Miss Hughes.

"Alla i fynd i'w weld e?" gofynnais â 'ngheg i'n sych i gyd.

"Galli, ond bydd yn rhaid iddo fe gryfhau dipyn bach gynta."

Cofies ei fod e wedi anfon neges y noson cynt a 'mod i heb ei ateb. Suddodd 'y nghalon i wrth esbonio iddyn nhw.

"Oedd unrhyw reswm 'da Lee dros wneud rhywbeth fel hyn Colin?"

Roedd 'na ddagrau yn dod i'n llyged i .

"Dy'n ni ddim ishe i ti feio dy hunan am hyn. Doedd dim byd allai neb fod wedi ei neud. Mae iselder fel hyn yn gyffredin iawn mewn bechg … dynion ifainc."

Doedd dim pwynt dal yn ôl.

"Roedd e'n cael ei fwlio … tries i eu stopio nhw … " dechreues lefen. Roedd cywilydd arna i ond roedd y dagrau'n dod heb reoleth. Edrychodd Miss Hughes i ffwrdd fel petai hi'n synhwyro 'mod i ddim eisiau iddi 'ngweld i'n llefen.

"Paid poeni," meddai Mr Ifans gan basio tishw i fi.

"Nic a rheina … 'na pwy nath daflu pren at 'i droed e yn y parc. 'Na shwt dorrodd e 'i figwrn."

"Reit dwi'n gweld."

"Unrhyw beth arall?"

"Dim ond am y bwlio galla i siarad ond roedd hwnnw'n eitha … cas … achos bod e … wel … yn … "

"Reit, paid ti poeni. 'Nes di bopeth y gallet ti fod 'di ei neud. Da machgen i."

"Do'n i ddim yn gwbod bod e'n teimlo mor … "

"Doedd dim byd gallet ti fod wedi ei neud," ailadroddodd Mr Ifans, gan roi ei law ar fy ysgwydd. Gwenodd Miss Hughes ond doedd dim byd yn galler gwneud i fi deimlo'n well.

"Dwi'n gwbod bo ti wedi cael sioc ond gofynnodd Mam a Dad Lee i ni roi gwbod i ti."

Nodiais.

"Mae hyn i gyd yn gyfrinachol wrth gwrs."

Nodiais eto.

"Dyw'r teulu ddim eisiau i neb arall gael gwybod nes eu bod nhw'n barod." Roedd ei eiriau'n swnio'n wag yn fy mhen.

"Ryn ni wedi ffonio dy gartre di. Cer adre am heddi a bydd y penwythnos 'da ti wedyn i weld Lee ac amser i ddod dros y sioc. Byddwn ni angen ychydig rhagor o wybodaeth oddi wrthot ti eto am y pethau sydd wedi bod yn digwydd ac yn y cyfamser … wel … dwi'n gwbod na fyddi di'n gweud 'run gair wrth neb."

Pan gyrhaeddais i adre, roedd Mam yn eistedd ar y soffa. Daeth at y drws i gwrdd â fi yn hytrach na 'mhasio i ar garreg y drws, fel y bydd hi'n wneud fel arfer. Cydiodd hi yndda i am sbel ac aeth i wneud dau fyged o de melys, melys, cryf. Sugnodd ar ei ffag. Eisteddes inne wrth y ford. Eisteddodd Mam yn ôl ar y soffa. Doedd dim gair rhyngon ni am ryw ddeg munud. Gwylies i fwg y te cynnes yn codi fel niwl i mewn i'r awyr. Edrychodd Mam ar fwg ei ffag yn chwyrlio i'w gyfarfod.

"Na beth dwl i neud 'yn tife?" meddai Mam yn ddistaw.

Pennod 12

"Colin, dere mlan nei di?"

Bore dydd Sadwrn a Dad yn gweiddi o waelod y stâr. Ro'n i heb gysgu winc cyn tua phump o'r gloch y bore ac ro'n i wedi cysgu'n hwyr. Codes a gwisgo'n gyflym. Rhedeg i lawr y stâr. Roedd Dad yn edrych yn wyllt a dim ond y rali odd ar ei frêns e.

"Reit te, dere gloi. Ma Lee adre. Ffoniodd 'i Dad e nawr. Ma fe ishe dy weld ti. Cer draw na nawr, er mwyn i ti ddod nôl i'n helpu i gyda'r car."

Nodiais. Doedd dim eisiau bwyd arna i. Cerddes yn gyflym i gyfeiriad cartre Lee, ond wedyn arafu gan feddwl beth ro'n i'n mynd i 'weud wrtho fe. Troies heibio'r parc ac wrth basio fe weles griw o fechgyn o bell yn hongian wrth y meinciau. Cerddes heibio'n gloi rhag ofn. Cerddes y llwybr i dŷ Lee. Roedd ei feic a'i *in-liners* yn pwyso'n erbyn y wal y tu allan.

Oedais cyn cnocio. Agorodd y drws cyn i fi feddwl. Mam Lee odd ar ei ffordd mas.

"O helô," meddai wrth iddi gael sioc o 'ngweld i'n aros yno. Roedd golwg digon llwydedd arni.

"Hiya."

Arhosais am eiliad yn disgwyl cael row 'da hi, ond yn lle 'ny fe wenodd hi'n flinedig arna i.

"Dere i mewn. Mae Lee'n edrych 'mlan at dy weld ti."

Cames i mewn i'r gegin.

"Cer lan. Ma fe'n disgwyl amdanat ti."

Nodiais ar Dad Lee oedd yn eistedd o flaen y teli. Roedd golwg wedi blino arno fe 'fyd.

Cerddes y stâr yn ara ac agor drws ystafell Lee'n dawel.

"Hylô!" Roedd e'n eistedd ar ei wely yn edrych yn llawer gwell nag oeddwn i'n ei ddisgwyl.

"Hiya!" Edrychais arno heb wybod beth i weud. Edrychodd yntau ar ei draed hefyd.

"Ie? Be ti wedi bod yn 'i neud yn yr ysgol te?" Gwenais ac fe wenodd yntau'n ôl yn drist. Es i eistedd wrth ochr ei wely.

"Sori," meddwn i'n dawel.

"Sori," medde fe bron yr un pryd.

Chwerthon ni'n dau'n drist.

"Am be wyt ti'n sori?" holais yn dawel.

"'Sa i'n gwbod, ond dwi'n sori."

Siglais 'y mhen.

"Fi ddyle fod yn sori. Do'n i ddim yn gwbod bo nhw'n poeni gyment arnot ti."

Aeth Lee'n dawel.

"Dylen i fod wedi gweud bod Nic yn … "

Crynodd corff Lee, dim ond wrth glywed yr enw Nic.

"Ot ti ddim fod gwbod. A ta beth dim jest nhw yw'r rheswm … ma fe'n … ."

"Gymhleth?"

Gwenodd Lee.

"Da iawn Cols, ma dy Gymraeg di'n gwella. 'Na'r union air ro'n i'n chwilio amdano."

Gwenais innau'n ôl.

"Rali heno te?"

"Oes."

"Dy Dad yn wyllt yn barod?"

"Yn y garej ers orie mân y bore."

"Ti'n mynd i'r rali?"

"Odw."

"Waw!"

"Beth?"

"Mynd i gefnogi dy Dad yn ralio! Chi bownd o fod wedi dod yn fwy o ffrindie erbyn hyn te!"

"Wel, falle bo ti'n iawn. Fe geson ni ychydig bach o amser i siarad. Ti'n gwbod bod ti'n galler siarad â fi on'd wyt ti?"

"Odw," atebodd yn dawel.

"Unrhyw amser."

"Dwi'n gwbod. Ta beth, dwi'n ca'l gweld rhywun nawr. Rhywun proffesiynol."

"O, dwi mas o job te!"

"Na, bydd dy eisie di arna i," medde fe, "gwaetha'r modd."

"Falle, gallan nhw esbonio pam rwyt ti wrth dy fodd yn gwisgo'r trowser tynn satin 'na, tra bod nhw wrthi!"

Chwerthodd Lee yn uchel a sylweddoles nad own i wedi ei weld e'n gneud hynny ers oesoedd. Daeth cnoc ar y drws. Mam Lee gyda hambwrdd a chinio arno fe.

"Reit te, gwell i fi fynd," meddwn i gan godi. Nodiodd Lee.

Gwthiodd ei fam glustog arall tu ôl i'w gefn.

"Pob lwc heno!" wedodd e. "Tecstia fi i weud be nath ddigwydd."

"Iawn, a fe ddo i draw nos fory ta beth. Ar ôl i fi gysgu yn ystod y dydd."

"Iawn."

"Cŵl."

Pennod 13

Erbyn i fi gyrraedd adre, roedd pethau'n dechrau mynd o chwith. Roedd Dad wedi bod yn rhedeg yr injan i'w thiwnio ac roedd dŵr wedi dechrau gillwn ar y llawr. Angen part newydd i'r pwmp dŵr ar y funud ola'. Roedd Dad wedi anfon Al allan i moyn y part ac roedd hast i ga'l y car yn barod gan fod Melvyn yn dod i'w nôl am bump. Roedd rhaid mynd ag e'n gynnar ar gyfer yr archwiliadau manwl bydde'r swyddogion yn eu gwneud ar y car cyn y rali. Melvyn oedd yn mynd i fod yn farsial hefyd gan fod yn rhaid i bob car gael un.

Roedd Mam yn brysur yn y gegin yn gwneud picnic i ni gyd ar gyfer y noson, rhwng pob drag ar ei ffag, gan weud y bydden ni'n ddiolchgar iawn amdano fe am dri o'r gloch y bore. Roedd hi hefyd wedi benthyg sgidiau cerdded oddi wrth ei ffrind yn Spar fel y bydde hi'n galler cerdded o un lle i'r llall yn haws heb gwympo oddi ar ei sodlau uchel. Roedd hi wedi golchi oferôls Dad ac wedi eu smwddio nhw gymaint nes eu bod nhw bron yn galler sefyll lan ar eu pen eu hunen. Tsecio'r gole a tincran gyda'r hand-brec i wneud yn siŵr ei bod hi'n ddigon tynn oedd jobsys ola Dad ac fe wnaeth hynny gan roi pip at y drws bob hyn a hyn yn disgwyl gweld Al.

Roedd warws partiau car i gael jest lawr yr hewl. Roedd y ffaith bod Al yn cymryd mor hir yn meddwl bod y part ddim gyda nhw, efallai eu bod wedi gorffod anfon fan i un o'u *depots* arall i ga'l y pwmp. Petaen nhw'n gorffod gwneud hynny, cael a chael byddai hi i sicrhau bod pob dim yn barod ac rown i'n gwbod mor bwysig oedd y rali hon i Dad. Wedi i ni orffen roedd y car yn edrych yn well nag erioed a phob tolc yn ei ochrau ers y tro diwethaf wedi diflannu. Dad oedd wedi paratoi'r holl bethau i Al hyd yn oed: roedd 'na gant a mil o bensiliau'n barod iddo, dau fwrdd i sgwennu arnyn nhw, rwber, stop wats, Poti a mapiau. Edrychodd Dad ar ei wats unwaith eto.

"Damo! Lle ma hwnna te gwed?"

Tynnodd ei ffôn allan o'i boced a dechrau ffonio Al ond yn syden dyma sŵn yn dod o ddrws y garej.

"Olreit te bois?" Al yn cydio yn y part mewn un llaw ac yn defnyddio'r llall i bwyso'n drwm yn erbyn ffrâm y drws. Roedd ei dafod yn dew.

"S … S … Sori bo fi d … dip … yn bach yn hwyr ond ro'n i'n paso'r Black Lion a gweles i hen ffrind o'n i heb 'i weld ers hydoedd, a heb feddwl a'th hi'n sesh … Wyt ti 'di bennu'r car?" Dyma fe'n dechrau dawnsio o gwmpas y car wedyn a gweiddi '*Cym on you red! Cym on you red*! Ma hi 'da ni tro hyn Darren boi. Ma hi 'da ni yn y bag!'

Roedd Dad mor grac nes ei fod e'n ffaelu gweud dim wrtho fe. Mae pobol sy'n gweiddi pan maen nhw'n grac yn ocê ond ma rheiny sy'n mynd yn dawel yn beryglus. Cydiodd Dad yn y part newydd ac edrychais arno mewn tawelwch hollol heb fentro dweud gair wrth iddo ddechrau gweithio ar y pwmp dŵr. Edrychodd ar ei oriawr unwaith eto.

"Reit te, cer i'r 'ering cypord', ma hen bâr o oferôls i fi 'na. Gwisga nhw. Ti yw'n nafigêtor i heno."

Gwthiodd heibio imi achos bod Melvyn newydd gyrraedd gyda'i dryc gan 'y ngadael i mewn sioc yn geg-agored. Roedd Al wedi yfed gormod i ofidio am yr hyn oedd yn digwydd.

Pennod 14

Dreifodd Dad y car i ben y tryc yn dilyn cyfarwyddiadau Melvyn ac fe wasgodd Mam, Dad a fi i mewn i'r cab gyda fe. Gwenais wrth weld Mam yn gwisgo ei sgert fer, fer, ei thop bach tenau a phâr o sgidiau cerdded anferth ar ei thraed. Roedd hi'n edrych fel clwb golff! Gadawon ni Al ar ôl yn y garej. Erbyn i ni gyrraedd roedd cyffro sŵn ceir ymhobman, yn hymian fel pryfed o gwmpas y ganolfan archwilio. Dadlwythodd Dad y car ac fe arhoson ni ein tro ar gyfer yr arolwg. Roedd stiwardiaid yn rhedeg o gwmpas y lle'n edrych yn brysur ac yn bwysig a nifer o fecanics yn gwneud newidiadau munud olaf i'w ceir. Gan nad oedd hawl gan y rali i ddechrau cyn un ar ddeg, roedd amser hir 'da ni ddisgwyl gan ychwanegu at y nerfusrwydd oedd i'w deimlo ymhlith y cystadleuwyr.

Rhif chwech deg oedden ni. Roedd hynny'n meddwl y bydden ni'n dechrau am hanner nos gan fod car yn mynd mas bob munud. Byddai'r pac o sticeri, a oedd i'w dangos ar ochor y car, a'r cyfarwyddiadau munud ola yn cael eu rhoi i ni rhyw bum munud ar hugain cyn i ni ddechrau. Astudiais y mapiau a oedd ar yr olwg gynta'n edrych fel gwe pry cop lliwgar. Yr unig beth byddai'n rhaid i mi ei wneud, ar ôl cael y cyfarwyddiadau ola, fyddai marcio'r gorsafoedd rheoli ar y map yn ogystal â'r trionglau o gwmpas y rheiny. O ie, a gwneud yn siŵr na fydde Dad yn mynd ar goll. Dechreuais chwysu.

Daeth ein tro. Y prawf ar sŵn y car oedd gynta. Roedd yn rhaid sicrhau nad oedd y car yn gwneud gormod o sŵn cyn y câi gystadlu gan fod y ceir yn mynd heibio tai pobol ganol y nos. Arhosodd Dad a finne'n nerfus. Nodiodd y marsial a dweud wrthon ni am symud mlan. Anadlodd Dad yn ddwfn. Nesa, yr archwiliad. Tîm o bobol yn edrych ar y car o safbwynt iechyd a diogelwch ac i wneud yn siŵr bod y car yn ffit ar gyfer y rali. Gofynnwyd i Dad arwyddo ffurflen i mi gael nafigêto am 'y mod i dan ddeunaw. Ar ôl sbel, cael ein galw i symud mlaen eto a gwên fawr ar wyneb Dad.

Aethon ni i barcio yn ein tro er mwyn arwyddo pob dim. Roedd rhes o bobol wedyn yn gwneud yn siŵr bod y trwyddedi cywir 'da ni a phethe felly. Gallwn weld Mam yn y dorf yn codi ei llaw bob hyn a hyn fel petai arni hi ofn y bydden ni'n anghofio ei bod hi yno. Aros oedd rhaid wedyn. Aros ac aros, a'r aros heb fod yn llesol i'r nerfau. Er 'mod i'n gwybod beth oedd angen imi ei wneud, eto i gyd roedd y nerfau yn dechrau dal eu gafael.

Roedd hi'n noson glir a'r tywyllwch yn dechrau cau amdanon ni. Roedd rhai, a oedd wedi ffaelu'r archwiliad, wrthi'n brysur yn goresgyn eu problemau ac yn gorffod mynd trwy'r un broses unwaith 'to. Roedd y dorf yn tyfu ac ro'n i'n gwybod byddai llawer iawn mwy o bobol o gwmpas y cwrs. Roedd y cefnogwyr brwd yn tynnu lluniau'r ceir ac roedd yr orsaf radio leol yn cyfweld rhai o'r cystadleuwyr wrth iddyn nhw aros. Roedd Dad yn dawel. Yn dawel iawn, ac yn llwyd fel y lleuad.

"Ti'n iawn nawr on'd wyt ti?" gofynnodd fel petai'n ceisio cysuro ei hun yn fwy na dim. Nodiais yn dawel oherwydd nad own i eisiau dangos iddo fe bod 'na gryndod yn fy llais.

"Byddwn ni'n cael y cyfarwyddiadau ola nawr mewn sbel ac wedyn bydd rhaid i ti farcio popeth i mewn. Ocê?"

Nodiais eto. Ro'n i wedi bod yn plotio'r ralis ma 'da Dad ers pan o'n i'n fach. Rhyw fath o gêm rhyngon ni, gan fod mapiau a phob dim yn ymwneud â ralio ar hyd y tŷ ers pan dwi'n cofio. Ond roedd hyn yn wahanol. Gallwn i ei anfon ar y ffordd anghywir a cholli amser, neu golli fy lle ar y map ac wedyn fe fyddai'r cyfan drosodd. Aeth Dad allan i tsecio'r hysbysfwrdd rhag ofn bod yna unrhyw newidiadau yn y rheolau, gan y byddai hyn yn digwydd weithiau. Clywais y ceir cynta'n gadael a'r dorf yn gweiddi. Roedd rhai gyrwyr yn sefyll mewn grwpiau'n siarad â'i gilydd. Roedd rhain yn cyfarfod bob Sadwrn yn rhywle ac roedd 'na dipyn o dynnu coes yn enwedig ar y rhai a orffennodd eu rali mewn cae.

"Hiya! Allwn ni gael gair cyflym," wyneb merch yn ffenest y car yn dal meicroffon.

"Ymm, gallwch."

"Fi yw Lowri o Radio'r Ddraig. Dwi jest yn mynd i ofyn cwpwl o gwestiynau i ti am ralio ocê? Dan ni wedi clywed mai ti yw'r nafigêtor ifanca ma mae'n debyg."

"Wedith e ddim llawer cofiwch," meddai llais cyfarwydd y tu ôl iddi. Edrych a gweld Claire yno!

"Beth rwyt ti'n neud ma?" gofynnais gan gochi.

"Allen i ofyn run peth i ti! Mae'n gyfnod profiad gwaith on'd yw hi a dwi mas 'da Lowri."

"O, wrth gwrs."

"Reit te, barod?" Nodiais.

"Wel yn fan hyn gyda fi nawr mae Colin. Colin yw'r nafigêtor ifanca yn y rali ma heno. Beth wnaeth i ti ddechrau ralio Colin?"

"Ymm, wel … ma Dad wedi bod yn ralio erioed ac yn ddiweddar ma llawer mwy o ddiddordeb 'da fi mewn ralio 'fyd."

"Felly, dyma'ch rali gyntaf chi Colin?"

"Ie."

"Y'ch chi'n nerfus?"

"Tamed bach, ond fyddwn ni ddim yn hir nawr cyn dechrau."

"Pwy sy'n gyrru'r car heddi te?"

"Dad."

"A chi'n meddwl bod ganddoch chi gyfle go lew i wneud yn dda?"

"Wel, os dalith Dad y car ar yr hewl ac os cewn ni lwc, pwy sy'n gwbod."

"Beth yw barn eich ffrindiau eich bod chi'n cael nafigêto mewn rali?"

"Wel, 'dyn nhw ddim yn gwbod a gweud y gwir."

"Wel, byddan nhw ar ôl heno! Diolch am siarad gyda ni Colin a phob lwc!"

"Diolch."

Troiodd Lowri'r peiriant recordio i ffwrdd.

"Diolch Colin, roedd hwnna'n grêt! Iawn, reit te. Sgwrs fach 'da rhyw farsial nawr."

Gadawodd Lowri a'i meic yn ei llaw yn barod i sgwrsio 'da rhywun arall.

"Bydda i 'na nawr!" gwaeddodd Claire ar ei hôl. Gwenodd hi arna i.

"Fe glywes i am Lee."

"O," meddwn, roedd meddwl amdano'n gwneud i mi deimlo'n rhyfedd – rhyfedd i gyd.

"Drycha, wyt ti ishe mynd mas 'da fi rywbryd?"

Ces i sioc, cymaint o sioc fel nad own i'n galler dweud dim byd.

"Os nad wyt ti, ma 'na'n iawn. Ti wedi bod yn dawel yn ddiweddar ac ro'n i'n meddwl falle bo ti 'di … "

"Beth? … "

"'Di colli diddordeb t'mod, ond ro'n i'n meddwl gofynnen i 'na i gyd." Dechreuodd hi gerdded i ffwrdd.

"Aros!" gwaeddais. Troiodd hi ac edrych arna i. "Bydde 'na'n grêt!" Daeth hi'n ôl at y ffenest. Roedd y ddau ohonon ni'n dawel unwaith eto.

"Sa'i'n gwbod am beth 'i ni'n mynd i siarad ambwti cofia!" meddwn. Chwerthodd.

"Wel, gei di esbonio i fi pob dim am ralio ac wedyn fe gewn ni weld!"

"Claire!" Lowri yn gweiddi ar dop ei llais.

"Wps, mae'r bos yn gweiddi. Wela i ti ddydd Llun, pob lwc!" Pwysodd hi i mewn trwy'r ffenest a rhoi cusan ar fy moch cyn rhedeg i gwrdd â Lowri. Lwcus bod Dad wedi gorffod mynd i tsecio'r hysbysfwrdd!

Roedd fy mhen i ar Mars yn rhywle pam ddaeth Dad yn ôl. Eisteddodd yn dawel y tu ôl i'r olwyn a setio'i oriawr i gyd-fynd â'r clociau swyddogol.

"Ocê … " Daeth gwyneb dyn i'r ffenest. "60, co ni. Pob lwc."

Pasiodd y dyn mawr yn ei siaced felen liwgar becyn

drwy'r ffenest. Pasiodd y papurau draw ata i.

"Bwr ati nawr."

Edrychais ar y papur a dechrau marcio ar y map o 'mlaen. Roedd 'na un newid i'r map cynta. Tseciais bopeth tua chwech gwaith. Daeth Dad yn ôl i mewn. Roedd yr harnes yn eitha tynn o gwmpas 'y nghorff i a 'nhraed i fyny ar y bar oedd wedi ei osod yno i mi gael eu gorffwys nhw arno. Symudodd Dad y car ymlaen ar ôl i rywun weiddi arno fe.

Edrychais ar y cloc. Deg munud. Roedd chwys yn diferu i lawr fy nghefen. Edrychais ar y mapiau unwaith eto er 'mod i'n gwbod y cyfarwyddiade am y milltiroedd cynta ar y 'nghof beth bynnag. Roedd sŵn y ceir yn refio yn gwneud i'm stumog i droi. Ymlaen dipyn bach eto. Chwech car i fynd. Pump. Pedwar. Plygiais y Poti i mewn i'r plyg er mwyn medru edrych trwyddo at y map. Tri. Dau. Rhif 60.

"Ocê, bant â ni te Col!"

Pennod 15

Cododd llaw'r marsial a bant â ni.

"Dal hi lawr milltir."

Roedd y gwaed yn rhedeg i 'mhen i wrth i'r car godi cyflymdra a Dad yn edrych ar yr hewl fel petai dim byd arall yn bodoli yn y byd. Doedd dim cyfle i edrych o gwmpas. Dyna i gyd ro'n i'n mynd i'w weld am yr oriau nesa oedd cylch o olau'r *poti* a'r tywyllwch tu allan.

"30 Chwith."

"Cadwa hi'n fflat. *White* dwy filltir." Roedd hewl *'white'* yn un gyflym a theimlais y car yn neidio ymlaen.

"Dal nôl. 90 Dde."

Gwthiwyd fy stumog i rywle a dwi ddim yn gwbod ble wrth fynd o gwmpas y cornel. O gornel fy llygaid medrwn weld fflachiadau'r camerâu.

"Fflat hanner milltir." Gwasgodd Dad y sbardun.

"20 Chwith."

"Dal nôl. 40 Dde." Teimlais y car yn arafu ac yn mynd, bron ar un ochor, o gwmpas y cornel.

Bydd rhai'n mynd yn sâl wrth ddarllen map gan fod

eu pennau nhw lawr drwy'r amser ond ches i mo'r broblem 'na. Ymlaen â ni am chwarter awr. Roedd y munudau'n hedfan heibio mor gyflym â'r cloddiau. *Codeboard*. Arafodd Dad. Roedd yna blatiau ceir yn y cloddiau pob nawr ac yn y man ac roedd yn rhaid i fi godi'r rhifau a'u cofnodi. Roedd hyn yn sicrhau bod pawb yn mynd yr holl ffordd o gwmpas y cwrs. Yna, 'gorsaf amser'. Dyw rali ddim fel ras arferol. Bydd yn rhaid cyrraedd y gorsafoedd ar amser penodol a chael cosb o gyrraedd yn rhy gynnar neu'n hwyr.

Rown i'n teimlo ein bod ni'n neud yn dda. Ymlaen, ymlaen, ymlaen, fel petai rhywbeth yn ein tynnu ni tuag at y diwedd. Stopio i gofnodi rhifau ac mewn ambell i le datrys ambell dric roedd y trefnwyr wedi eu cynnwys. Roedd y pwmp dŵr yn ocê a thymheredd yr injan yn iawn.

"*White* am beder milltir."

Gwasgodd Dad y sbardun nes 'mod i'n cael 'y ngwasgu'n ôl i'r sedd. Rown i'n gallu gweld mwd yn cael ei godi a'i daflu dros y car.

"90 Dde."

Tynnodd Dad yr hand-brec a throiodd y car gan sgrialu o gwmpas y cornel.

"Ha ha!" clywais Dad yn gweiddi.

Daethon ni o gwmpas cornel arall a gweld car wedi mynd trwy'r clawdd, felly arafon ni ychydig er mwyn mynd heibio.

"Dal hi lawr hanner milltir."

"20 chwith."

Roedd fy llais yn swnio'n fwyfwy hyderus a Dad yn ymateb yn gyflym i bob gorchymyn. Cododd rythm y cyd weithio rhyngon ni ac on, ro'n ni'n dau'n galler cyfathrebu. Fi, Dad a'r car yn gweithio fel un. Yr unig beth oedd yn bwysig i fi oedd gweithio gyda'r car a Dad a'i wthio fel gwaed trwy wythiennau'r hewlydd. Popeth yn mynd yn llyfn a'r car fel petai'n mwynhau. Roedd y ceir hyn yn cael eu hadeiladu i gael eu llusgo o gwmpas y corneli a hynny ar hewlydd garw.

Nid yr un cynta nôl sy'n ennill rali ond yr un sy'n cyflawni pob tasg gan golli'r lleia o amser ymhob rhan. Ro'n i'n gwbod nad oedden ni'n bell o gyrraedd y terfyn. Roedd mwy a mwy o dorf bob ochor i'r hewl ac ro'n i'n gwbod oddi wrth y map, ta beth, ein bod ni o fewn milltir i'r diwedd.

Diflannodd y filltir ola a whap roedden ni dros y llinell. Arafodd Dad y car ac fe yrron ni i mewn i'r dorf. Rown i wedi chwysu gymaint nes bod 'yn oferôls i'n sopen. Tynnodd Dad ei wregys, pwysodd draw a chydio yndda i.

"Da iawn Cols. Ro'n i'n gwbod y bydden ni'n deall 'yn gilydd."

Tynnais innau 'ngwregys hefyd a gwenu.

"Ha ha! wohooo! Da iawn bois, chi'ch dau'n lyfli!" Mam! Wrth i fi ddod mas o'r car dyma hi'n plannu cusan fawr, goch ar 'y moch. Cydiodd Dad ynddi a'i chodi oddi ar y llawr hefyd. Yna plannodd gusan ar ei phen.

"Sanwej?" gofynnodd hi gan wthio'r fasged picnic o'n blaene ni. Chwerthodd Dad.

"Dewch i ni gael y car ma nôl ar y tryc ac wedyn ewn ni i gael brecwast a chlywed sut 'nethon ni."

Pennod 16

Roedd hi'n od bod mewn tafarn am chwarter i chwech y bore yn cael brecwast. Roedd y lle'n llawn ac ambell i un hyd yn oed yn yfed peint o lagyr. Ro'n i wedi gwisgo *hoodie* oherwydd 'mod i wedi oeri ar ôl chwysu ac roedd platied o facwn ac wy o 'mlaen i. O'n i'n starfio. Roedd y sŵn yn y dafarn yn anhygoel wrth i bobol adrodd eu hanesion, yn enwedig y rhai aeth dros ben clawdd, tra bod y lleill yn trin a thrafod y cwrs. Roedd rhai wrthi'n gwneud y rali am y tro cynta ac wedi dysgu llawer ar ôl cael llwythi o bwyntiau cosb. Roedd Dad yn edrych yn browd reit, a sylwais fod Mam, am y tro cynta ers ache, yn bwyta llond ei bol. Cynnodd ffag ar ôl gorffen ac eistedd yn ôl gan edrych yn smyg.

"Olreit?" Al yn edrych fel pechod. Cododd Dad ei aeliau arno fe.

"Drychwch, sori am neithwr, ond fe glywes i'ch boch chi ddim wedi gweld 'y ngholli i ta beth!" Winciodd arna i. Toddodd gwyneb Dad oherwydd ei fod mewn hwylie da ofnadwy. Roedd e rili eisiau dweud hanes y rali wrth Al. Eisteddodd hwnnw ac archebu llond plât o frecwast.

Mewn sbel dyma bobol bwysig yr olwg yn dod â chwpanau a'u trefnu ar ford ym mhen pella'r ystafell. Tapiodd rhyw foi'r meicroffon gan greu sŵn fel calon yn pwmpio o gwmpas y stafell.

"Reit te! Diolch ichi am eich amynedd!"

Aeth y boi ati i ddiolch i bawb oedd wedi cymryd rhan ac i bawb am wneud y rali mor saff, ond jest eisiau clywed y canlyniadau roedd pawb. Dechreuodd y canlyniadau yn y trydydd ddosbarth. Ro'n ni yn y dosbarth cynta, gan fod Dad wedi bod yn gyrru ers blynyddoedd. Roedd pobol yn gweiddi wrth i'w ffrindiau fynd i 'nôl eu gwobrau.

"Reit te, dosbarth un a'r 'gyrrwr gorau' a'r 'nafigêtor gorau'. Er mwyn cyflwyno'r gwobrau hyn, hoffwn i ofyn i'n cadeirydd ddod ata i, sef John. Fel chi'n gwbod, bu John yn un o yrwyr rali gorau. Rhowch groeso i John."

Daeth dyn i'r meic ac fe neidiodd 'y nghalon i. Mr Ifans!

"Yn drydydd, yn y dosbarth cynta, Tony John a Lloyd Davies."

Bloeddiadau.

"Yn ail, Nigel Rees a Paul Rogers."

Rhagor o weddi.

"Yn gynta, yn y dosbarth cynta, Darren Thomas a Colin Thomas."

Edrychodd Dad arna i ac fe gydiodd Al yndda i a bron 'yn nhaflu fi dros y ford. Sgrechodd Mam nes 'mod i'n ffaelu â chlywed fy hunan yn meddwl. Cydiodd Dad yn 'y ngholer i a cherdded 'da fi at Mr Ifans.

Roedd pawb yn gweiddi a Dad bron â llefain. Rhoddodd Mr Ifans y cwpan i fi mewn un llaw a siglo'r llall yn galed, fel petawn i'n ddyn.

"Da iawn Colin, ma 'da ti dalent. Dal ati nawr te a gobeithio cei di fwy o lwc na fi." Edrychodd i lawr ar ei draed wrth ychwanegu, "fe ges i ddamwain car ti'n gweld, dim byd i neud â ralio, ond buodd rhaid i fi roi'r gore iddi wedyn."

Es i i eistedd ac fe wasgodd Mam fi'n dynn. Aeth pawb yn ôl i siarad.

"A tra'n bod ni'n dathlu!" medde Mam, "ma syrpreis bach i ga'l 'da fi!"

Edrychodd Dad a finne ar ein gilydd. Gwenodd Al.

"Dwi wedi ei drefnu fe i gyd."

"Trefnu beth?" holodd Dad mewn penbleth.

"Darren," medde Mam "ry'n ni'n mynd i briodi. Pob dim wedi ei drefnu, wel gyda help Al fan hyn, chwarae teg iddo fe. Ro'n i'n moyn iddo fe fod yn syrpreis i ti!"

Roedd Dad yn welw gan sioc.

"Dydd Sadwrn nesa. Dwi wedi bwcio lle yn Swyddfa'r Cofrestrydd ac wedyn parti yn y clwb rygbi. Ma pawb yn gwbod ac ma nhw i gyd yn dod a fi wedi prynu ffrog briodas a phopeth. Fi sy wedi talu amdano fe i gyd. Ma'r holl oriau ecstra ma wedi bod yn talu'n dda, er na alla i ddim dal i weithio fel hyn. Pob dim er mwyn dy briodi di Darren!"

Sylweddolais mai dyna beth roedd Mam ac Al wedi bod yn ei drafod ar y soffa. Yn sydyn ro'n i'n teimlo'n ffŵl. Ro'n i wedi creu darlun hollol anghywir o Mam a'r hen Al.

"'Sa i'n gwbod beth i weud!" wedodd Dad yn ddifrifol reit.

Edrychodd Mam arno mewn ofn.

"Dwi wedi bod dan straen t'weld. Ddim yn gwbod beth wedet ti, ffili byta hyd yn oed."

Siglodd Dad ei ben ac edrychodd Al a finne arno mewn ofn.

"Beth Darr? Ti ddim ishe?"

Roedd y tawelwch yn llethol ac yna, yn sydyn dyma Dad yn cydio ynddi.

"Wrth gwrs bo fi'r twpsen."

"Ooo Darren!"

Pennod 17

Codais am saith nos Sul ar ôl cysgu trwy'r dydd. Edryches allan drwy'r ffenest. Roedd hi wedi bod yn ddiwrnod braf. Roedd Mam yn dal yn y gwely. Ro'n i wedi addo mynd i weld Lee. Er i mi ei decstio yn ystod y nos i ddweud yr hanes, roedd e eisiau gwybod beth ddigwyddodd yn hollol felly ro'n i wedi addo mynd draw gyda'r stori a dau fag o tships. Mae'n debyg ei fod e'n dechrau cael llond bol ar gawl ei fam yn barod. Ymlwybres allan i'r garej a sefyll yn stond. Roedd y car wedi ei lanhau'n barod ac roedd yn sgleinio y tu allan i'r garej. Roedd Dad yn edrych arno.

"Iawn Dad?"

"Ai."

"Be ti'n neud?"

"Wel, fe naethon ni ennill 'yn do fe?"

Rhoies i'n 'nwylo yn 'y mhocedi. "Do."

"A nes i fet 'da ti, wyt ti'n cofio. Gwerthu'r car a phriodi dy fam!"

"Ond chi'n priodi ta beth … "

"Dwi'n gwbod, dim ond tynnu dy goes di ro'n i, ond mae hi'n bryd gwerthu hwn a falle gallwn ni rhoi taliad i lawr am fflat yn rhywle, mewn rhywle, wel neisach."

Edryches arno'n dawel.

"Dwi wedi gneud beth ro'n i eisie t'weld. Rodd ennill y rali'n gwasgu arna i, ond nawr ma pethe'n wahanol. Ma pethe wedi newid. A gyda'r arian falle alla i fynd gyda dy fam am wylie. Ma hi'n gweithio'n rhy galed."

Gwylies e'n mynd i edrych ar y poster o'r Sgwbidŵ Aur. Sefodd yna o'i flaen am sbel cyn estyn ei law a'i dynnu oddi ar y wal. Yna, fe droiodd y poster drosodd a thynnu marcer tew allan o'i boced a dechreuodd ysgrifennu ar gefn y llun. Yna, fe agorodd ddrws y car a sticio'r arwydd 'AR WERTH' yn y ffenest a chau'r drws. Gwenodd arna i, ond nid mewn ffordd drist, wrth iddo gerdded am y tŷ.

Cerddes heibio i'r car gan edrych arno yng ngolau haul hwyr y dydd. Roedd pethau wedi newid cymaint mewn diwrnod: Claire a fi'n cwrdd â mynd i weld ffilm yn ystod yr wythnos, Lee yn gwella'n ara bach, a'r briodas. Roedd Nic a'i gang mewn trwbwl ac erbyn hyn ro'n i'n gwbod bod Mr Ifans, wel, yn olreit.

"COLIN!"

Daeth sŵn o rywle.

"COLIN AROS!"

Troies i weld Dad yn rhedeg tuag ata i mor gloi ag roedd e'n galler symud. Roedd e allan o wynt.

"Beth? Wow nawr te, cymera anadl!" meddwn i gan gydio yn ei freichiau.

"Col … Col … Colin, ma … rhywun," stopiodd i anadlu yn drwm. "Ma boi wedi bod ar y ffôn … wedi clywed amdanot ti'n ennill neithiwr … ishe … ishe … ishe ti i fynd i weld ambwti nafigêto … mewn … rali stages … dim ond treial cofia ond … " dechreuais grynu … "mewn car WRC." Roedd Dad bron â llefain unwaith 'to. "Cols, *this is it,* alle hyn fod yn chans i ti … chans i ti am Sgwbi-dŵ Aur!"

Sefodd y ddau ohonon ni yno yng nghanol y stad wag am sbel yn edrych ar ein gilydd a golau cynnes diwedd y dydd fel aur o'n cwmpas.

pen dafad

Bach y Nyth
Nia Jones 0 86243 700 8

Cawl Lloerig
Nia Royles (gol.) 0 86243 702 4

Ceri Grafu
Bethan Gwanas 0 86243 692 3

Gwerth y Byd
Mari Rhian Owen 0 86243 703 2

Iawn Boi? ;-)
Caryl Lewis 0 86243 699 0

Jibar
Bedwyr Rees 0 86243 691 5

Mewn Limbo
Gwyneth Glyn 0 86243 693 1

Noson Boring i Mewn
Alun Jones (gol.) 0 86243 701 6

Sbinia
Bedwyr Rees 0 86243 715 6

Llyfr Athrawon Pen Dafad (Llyfr 1)
Meinir Ebsworth 086243 803 9

Sgwbi-dŵ Aur
Caryl Lewis 086243 787 3

carirhys@hotmail.com
Mari Stevens 086243 788 1

Ça va, Safana
Cathryn Gwynn 086243 789 x

Pen Dafad
Bethan Gwanas 086243 806 3

Aminah a Minna
Gwyneth Glyn 086243 742 3

Uffern o Gosb
Sonia Edwards 086243 834 9

Ti 'sho Bet
Bedwyr Rees 086243 805 5

Noson Ddifyr i Mewn
Alun Jones (gol.) 086243 836 5

Llyfr Athrawon Pen Dafad (Llyfr 2)
Meinir Ebsworth 086243 804 7

Cyfres i'r arddegau
Ar gael o'r Lolfa: ylolfa@ylolfa.com neu o siop lyfrau leol

Am wybodaeth am holl gyhoeddiadau'r Lolfa,
mynnwch gopi o'n Catalog newydd, neu
hwyliwch i mewn i'n gwefan:
www.ylolfa.com

y|Lolfa

Talybont, Ceredigion SY24 5AP
e-bost ylolfa@ylolfa.com
gwefan www.ylolfa.com
ffôn +44 (0)1970 832 304
ffacs 832 782